POÉSIES GUERRIÈRES

PAR

LOUIS BELMONTET,

DÉPUTÉ AU CORPS LÉGISLATIF.

PARIS.

IMPRIMÉ PAR AUTORISATION DU GARDE DES SCEAUX

A L'IMPRIMERIE IMPÉRIALE.

M DCCC LVIII.

POÉSIES GUERRIÈRES.

A PARIS,

Chez AMYOT, Libraire,

Rue de la Paix, n° 8.

(C.)

POÉSIES GUERRIÈRES

PAR

LOUIS BELMONTET,

DÉPUTÉ AU CORPS LÉGISLATIF.

PARIS.

IMPRIMÉ PAR AUTORISATION DU GARDE DES SCEAUX

A L'IMPRIMERIE IMPÉRIALE.

———

M DCCC LVIII.
1857

A LA GLOIRE DE L'ARMÉE.

LES DEUX MÉDAILLES.

LA CRIMÉE, SAINTE-HÉLÈNE.

ODE.

———

A L'EMPEREUR.

Est-il rien ici-bas qui nous travaille l'âme
Comme l'honneur, ce feu de la vie ?.... A sa flamme
    S'allume la fièvre du beau.
La France est le foyer d'où toujours il rayonne :
D'Antibes à Calais, de Strasbourg à Bayonne,
    Tout homme marche à son flambeau.

Combien la croix du brave a créé de prodiges !
Nos jeunes gens, saisis de sublimes vertiges,
    Pour bien vivre ont cherché la mort.
Qui donc s'étonnerait, après tant de batailles,
Du bonheur qu'ont produit deux récentes médailles ?..
    C'est qu'un éclair de gloire en sort.

L'une, pour la Crimée, a paru la première :
Sur sa face d'argent, on dirait la lumière
    Que l'Orient a fait jaillir ;
Mais le bronze de l'autre, où revit le Grand Homme,
Semble né de l'airain de la place Vendôme,
    Qu'on ne voit pas sans tressaillir.

L'une, Victoria l'a donnée à nos braves ;
L'autre, dont la couleur ressemble aux vieilles laves,
    Représente une ère d'honneur ;
Et toutes deux, cachets d'une époque homérique,
Seront pour nos hauts faits le grand timbre historique
    D'une Reine et d'un Empereur.

Par leur sainte union la paix consolidée
Apprend à l'univers la grandeur de l'idée
    Que portait l'aigle au large vol.
L'alliance à la gloire a donné double espace ;
La médaille aux passants dit, quand un brave passe :
    Il était à Sébastopol !

Mais si d'un tel éclat le présent se décore,
Pour un Napoléon le passé vit encore ;
    Les vieux sont possesseurs du temps.
La médaille du jour veut celle de la veille.

Si de Sébastopol l'une dit la merveille,
   L'autre dit celle de vingt ans.

Ô que la jeune armée est fière de la sienne !
Ô qu'il est fier aussi le héros de l'ancienne !
   Le cœur des vieux s'est redressé.
Le nom de Sainte-Hélène a rendu le Grand Homme
Plus vivant dans leur âme ; et l'immortel fantôme
   En phare d'orgueil s'est dressé !

Le passé tout entier en tout lieu se ranime ;
Et ce long tremblement d'amour, vaste, unanime,
   Franchit les Alpes et le Rhin.
Et Belgique, Pologne, Italie, Allemagne,
Toutes nos sœurs de camp, du nouveau Charlemagne
   Veulent le souvenir d'airain.

On dirait que du fond du couchant recommence,
Par un dernier reflet, toute l'époque immense
   Qui remua tant de grands cœurs :
Son dernier feu s'accroît quand le soleil se couche.
L'Europe, pour le dieu grandi de bouche en bouche,
   N'a plus ni vaincus ni vainqueurs.

Le monde qui s'en va semble reprendre haleine

Pour reparler de lui. — Du haut de Sainte-Hélène,
    Le dieu des braves, l'œil ouvert,
Semble passer, vivant, sa dernière revue,
Et donner aux héros courbés, qu'émeut sa vue,
    Le prix de ce qu'ils ont souffert.

Octobre 1857.

LES DEUX SOLDATS LABOUREURS,

PÈRE ET FILS.

ODE.

—◦—

A S. A. I. JÉROME-NAPOLÉON BONAPARTE.

> Nous avons été jadis
> Jeunes, vaillants et hardis.
>
> Nous le sommes maintenant,
> A l'épreuve, à tout venant.
>
> (Histoire grecque.)

Quand l'honneur, dont la France est l'antique royaume,
Éclate, des frontons du Louvre aux toits de chaume
    Son grand fluide ébranle tout;
Et dans les profondeurs du peuple, où court la vie,
Le besoin de briller rend toute âme ravie,
    Même la mort fût-elle au bout.

Qu'on aime la patrie où grandit le mérite !
Des publiques grandeurs chaque famille hérite :
    Toute noblesse est dans l'état.
Et quand l'honneur a mis sa croix sur un cœur mâle,

Des plus brillants châteaux la chaumière est l'égale,
    Le colonel sort du soldat.

Si celui qu'on décore est né de la charrue,
Comme une étoile d'or à l'horizon paruc,
    La sienne exalte le hameau.
On dirait que pour tous cette croix était faite,
Car de tous les côtés, pour couronner la fête,
    Chacun apporte son rameau.

Au seuil d'une cabane, est-il fier ce jeune homme
Qu'embrasse un beau vieillard ? Tous deux on les renomme
    Pour leurs services belliqueux.
Père et fils, au pays leur gloire est retournée.
Tous deux d'une médaille ont la poitrine ornée :
    On voit la patrie avec eux.

L'un du grand Empereur a promené la foudre.
L'autre, comme son père, au front noirci de poudre,
    A fait merveille en Orient.
Leur ruban, qu'en ce jour leur noble veste porte,
Rassemble le hameau, qui debout, sur leur porte,
    Pleure d'orgueil, en souriant.

Femmes, enfants, vieillards, ces rois du labourage,

Le curé, que salue un joyeux entourage,
    Bon prêtre aimant Napoléon,
Et les forts travailleurs redressés sur leurs tailles,
Tous cherchent à savoir les faits dont les médailles
    Font du village un Panthéon.

Le clocher sur le ciel se découpe en fantôme.
Le soleil s'est couché, grand comme le Grand Homme
    Qu'adorent les hommes des champs.
L'angélus vibre au loin pour dire à la campagne
Que Dieu veut le repos qu'un doux calme accompagne :
    C'est l'heure des récits touchants.

LE FILS.

Et le vieux décoré, dans un noble langage :
Mon fils, dit-il, vaillant comme quand on s'engage,
    L'État pour un temps l'avait pris.
L'État me l'a rendu bronzé, fort et sans vice.
Le voilà tout paré de son brillant service.
    Sur sa poitrine en est le prix.

Tout paysan qu'il est, sa vie est sa noblesse.
L'enfant de la charrue a marché sans faiblesse
    A l'ennemi, sous le canon.

Il a donné du sang dans plus d'une victoire,
Et les ordres du jour, qu'on écrit pour l'histoire,
    A la patrie ont dit son nom.

L'Empereur nous disait, à nous, gens de la terre,
Quand la fortune osa, dans sa dernière guerre,
    Déserter ses aigles trahis :
« Vos bras, accoutumés aux travaux des campagnes,
« Ont été mes soutiens d'honneur dans mes campagnes :
    « Ils sont la force du pays. »

Et quand de l'île d'Elbe, étant seul sa ressource,
Il revint et reprit l'empire au pas de course,
    Qui le portait ? C'étaient nos bras.
Que disait-il toujours, ce héros que j'adore ?
« C'est aux peuples des champs que je dois tout encore.
    « Les peuples ne sont pas ingrats. »

Ce sont nos laboureurs, aux champs de l'Algérie,
Qui nous ont fait germer cette gloire chérie
    Que nous, Français, nous aimons tant.
Mon fils a grandi vite avec des chefs habiles;
Et ses galons, gagnés sous le feu des Kabyles,
    Lui donnaient de l'âme en montant.

L'Algérie a formé, rude école choisie,
Des régiments de fer pour frapper en Asie :
          Et quand l'aigle a repris son vol,
Notre armée était prête; et nos fils en Crimée
Ont refait, en sauvant la Turquie opprimée,
          Austerlitz à Sébastopol.

Ils ont été vainqueurs même de leur souffrance !
Quels soldats ! Qu'ils sont beaux les enfants de la France !
          L'Anglais était à leur niveau.
Les deux peuples marchaient de front, l'âme avec l'âme;
Et l'univers criait, en voyant tant de flamme,
          Bravo, Français ! — Anglais, bravo !

Les Russes, voyez-vous, ces géants par la taille,
Sont géants par le cœur aussi dans la bataille;
          Ce sont des murailles de chair.
On ne démolit pas ces rochers comme on pense.
Mon fils peut vous apprendre avec sa récompense
          Que le triomphe a coûté cher.

Quel océan de sang a coulé pour la Porte!
Cet écusson payé, que mon fils nous apporte,
          C'est sa campagne sur son cœur.

C'est un brevet de gloire offert par une reine.

Dans son hameau, suivi par une souveraine,

    Le paysan revient vainqueur.

LE PÈRE.

Père, reprend le fils d'une voix tendre et grave,

C'est qu'il sort de ton cœur, si j'ai le cœur d'un brave.

    Ton passé renaissait en moi.

Je vis en t'imitant. — Tout chemin est prospère

Dès qu'un fils suit sans peur les traces de son père :

    Quand il fait bien, ton fils, c'est toi.

Le grand Napoléon brille sur ta poitrine.

Sa médaille est aussi l'histoire, où se burine

    Chacun de tes illustres pas.

J'y lis Ulm, Iéna, Wagram, ces jours sans tache,

Où l'honneur ruisselait sur ta mâle moustache,

    Que l'ennemi ne touchait pas.

Tu parcourus le monde en vidant ta giberne.

Le continent donnait au conquérant moderne

    Tous les États où nous allions.

Et quand le monde armé déborda sur nos terres,

Notre gloire blessée, au bout de tant de guerres,

    Restait grande sous les haillons.

Trahi, mais non vaincu, dans ce moment suprême
L'Empereur s'immola malgré sa garde même.
    Tu t'en plains encore aujourd'hui.
Quand il fit ses adieux à ses vieux frères d'armes,
Comme tous ses grognards, toi, tu versas des larmes
    De n'aller plus mourir pour lui.

Mais après Waterloo, ton dernier héroïsme,
Tu rentras désolé, n'ayant d'autre égoïsme
    Que de parler d'empire à tous.
Tu disais au hameau, dans ton idolâtrie :
L'Empereur est vivant tant que vit la patrie :
    Il reviendra, car lui, c'est nous.

Père, il est revenu. — Son neveu, c'est lui-même.
Le tombeau s'est rouvert pour ces aigles qu'on aime,
    Dont vous gardiez le souvenir.
Vous, les vieux, vous étiez les voix nationales,
Vous étiez du passé les vivantes annales,
    Et les pères de l'avenir.

Vous avez fait l'enfant beau comme l'autre empire.
Si la France grandit, votre exemple l'inspire.
    Le chemin était tout tracé.
Du culte impérial, toi qui fus l'humble apôtre,

Tu vois que ta médaille est mère de la nôtre,
  Et le présent fils du passé.

Tu l'as dit, on t'a cru : ta raison nous l'enseigne.
Quand un Napoléon règne, c'est un grand règne.
  Un brave ne fait point d'erreur.
L'Empire à la patrie a rendu tout son lustre.
Allons! un cri qui dit vive la France illustre,
  Le cri de Vive l'Empereur !

Le grand cri sort du fond de toutes les entrailles,
Et la foule à l'envi baise les deux médailles;
  La gloire est dans chaque cerveau;
Et le feu de l'honneur saisit même l'enfance,
Et le prêtre bénit, de sa main qui s'avance,
  Le vieux Empire et le nouveau.

Octobre 1857.

LA CAMPAGNE DE CRIMÉE.

ODE.

———◦———

AU MARÉCHAL SAINT-ARNAUD.

Si l'Angleterre et la France avaient su
s'entendre, ces deux foyers de lumière
auraient assuré la paix du monde, à
l'honneur de la civilisation.

(Napoléon 1er, à Sainte-Hélène.)

Les hauts faits n'ont-ils plus d'écho chez les poëtes ?
    Que pensent-ils, les fils des arts ?
Quand l'histoire grandit, les muses sont muettes !
    Où sont les lyres des Césars ?
Eh ! quoi, dans l'Orient quand tant de gloire vibre,
La France des beaux vers n'a-t-elle plus de fibre ?
    Le patriotisme est-il mort ?
Toute la poésie est-elle sous nos tentes ?
Quoi ! lorsque la patrie a ses fiertés contentes,
    Les cœurs se taisent ! — rien n'en sort !...

Sortez-en, chants d'orgueil : les vers aiment les braves.

Allons, des hymnes triomphants !
Notre honneur va si loin dès qu'on rompt ses entraves !
France, qu'ils sont beaux, tes enfants !
Qu'on livre à leur courant nos instincts héroïques !
Nos plus jeunes soldats, déjà héros stoïques,
Vont pour mourir au premier rang.
Leur indomptable essor ne connaît point d'obstacle ;
La guerre est leur génie : ils courent... quel spectacle !
Ils ont la foudre dans le sang.

C'est bien ce sang gaulois dont s'épouvantait Rome ;
Le sang des croisés, chers à Dieu ;
Ce sang inépuisable, et dont notre Grand Homme
Arrosa sa gloire en tout lieu.
Il n'est point sur la terre, il n'est point dans l'histoire
Une page, un seul coin, où, fumant de victoire,
Ce sang n'ait point été versé.
Mais ce qui rend partout chaque goutte sublime,
C'est qu'il coule toujours pour sauver de l'abîme
Le monde qu'il a traversé.

L'Orient ! — c'est par là que vont les Bonaparte
Aux conquêtes de l'avenir.
Le grand peuple-soldat part quand Dieu veut qu'il parte,
Car c'est grand qu'il doit revenir.

Nos bataillons, chargés de palmes magnifiques,
Nous rendront, au retour, nos grandeurs pacifiques.
      La France a besoin d'action :
De la vie en avant les aigles marquent l'ère.
L'Empire, c'est la gloire : — un trône populaire,
      C'est l'honneur de la nation.

— Qui vive?... a dit la Gloire au géant moscovite.
      — La guerre!... a répondu le Czar :
— Aux armes donc! Ce cri nous fait marcher plus vite.
      Le vol aux aigles de César !
Toujours le feu divin jaillit de notre armée;
De ses fougues de cœur la patrie est charmée :
      C'est sa nature qui reprend.
La grande nation dormait dans la matière,
Napoléon la fait se redresser entière :
      Sa vie est d'exister en grand.

Rendons grâce à ce cœur qui fait battre le nôtre
      D'admiration et d'orgueil.
L'Empereur étant mort, il en fallait un autre
      Pour que le mal eût son écueil;
Pour que le bien reprît sa fortune ascendante,
Que la France sortît de cet enfer du Dante,
      Du chaos qu'engendre le mal;

Pour que le sens moral retrempât nos pensées,
Pour qu'enfin nos vertus, de nouveau relancées,
     Refissent leur niveau normal.

C'est aux Napoléons à relever la France !
     A présent elle parle haut.
Oh ! comme elle a monté depuis sa délivrance !
     Elle a le règne qu'il lui faut.
Tout ce dont Waterloo dépouilla la patrie,
L'Empire nous le rend. — La même idolâtrie
     Donne au Grand Homme un successeur !
La France redevient l'axe des destinées ;
Et, qui l'eût dit ? — Domptant ses haines obstinées,
     L'Angleterre se fait sa sœur !!...

C'est l'avenir du monde et la paix dans la force
     Que veut leur effort plus qu'humain.
L'Angleterre et la France ont cessé leur divorce :
     La Providence y met la main.
Chantez donc ce grand fait, bardes du double empire ;
Chantez ceux qui sont morts : c'est par eux qu'on respire ;
     Exaltez vos luths fraternels.
La Tamise et la Seine ont même écho de gloire.
Ceux qui meurent pour nous revivent dans l'histoire :
     Les Achilles sont éternels.

A ceux qui reviendront les mains noires de poudre,
    Des fêtes, des *vivat*, des fleurs !
Faisons autant de bruit pour eux qu'en fait leur foudre,
    Et la Russie avec ses pleurs.
Qu'un *Te Deum* splendide, au sein des cathédrales,
Dise à Dieu notre joie, en pompes théâtrales,
    Dans l'*In excelsis gloria;*
Qu'on dresse un arc d'honneur qui soit vu des deux pôles;
L'arc aura pour support deux grands noms, deux symboles :
    Napoléon, Victoria !

1854.

L'ALLIANCE ANGLO-FRANÇAISE.

ODE.

———◦———

A LA REINE VICTORIA.

Ô qu'elle est sublime, la scène,
Depuis que la guerre a tonné!...
La Tamise est avec la Seine!...
Dieu n'en est-il pas étonné?
Non, car c'est lui qui l'a voulue
Cette alliance résolue,
D'où tant de lumière a jailli!
La raison veut ces nœuds solides;
Et, sous la nef des Invalides,
Le grand mort en a tressailli!

Les siècles sur la route humaine
Ont six fois accompli leur temps,

Depuis qu'un pareil phénomène
Manquait dans les faits éclatants.
La cause en est terrible et juste!...
Comme aux jours de Philippe-Auguste
Et de Richard Cœur-de-Lion,
Pour une autre croisade immense,
La fraternité recommence,
De nous à toi, grande Albion.

Hurrah! hurrah! ton sang se mêle
Au sang de la France, là-bas!
La gloire à la même gamelle
Nous sert la flamme des combats.
Nos pavillons aux tiens s'enlacent :
Nos braves entre eux se remplacent,
Pour le même ouvrage d'honneur;
Des mêmes droits ardents apôtres,
Ils meurent les uns pour les autres.....
La même fosse est leur bonheur!

Oh! comme l'harmonie enfante
De magnanimes résultats!
L'émulation triomphante
Déborde au cœur des deux États.

Le monde entier, qui les admire
Et qui les prend pour point de mire,
A tant de gloire bat des mains!
Le goût renaît des grandes choses;
Et les drapeaux des saintes causes
Deviennent des phares humains.

Italiens, Anglais, Turcs, Français, ligue sainte!
C'est le même drapeau sous des noms différents.
La soif de vaincre, autour de l'infernale enceinte,
        Bouillonne et court dans tous les rangs.
Rivalités d'honneur, intrépides vertiges,
Constance inébranlable épuisant ses prodiges,
Dangers de chaque instant où chacun veut courir,
Tout est grand, tout est beau : mais ce qu'il faut qu'on voie,
C'est le soldat français, allant vaincre avec joie
        La mort... à force de mourir!

C'est à pleurer d'orgueil! Quelle armée, et que d'âme!
Et que d'esprit français sous les trombes de fer!
Chaque soldat emporte ou sa mère ou sa dame
        Au fond du cœur, dans cet enfer.
Il se sent entouré des regards de la terre,
Il sait que l'Empereur veille bien à la guerre:

Au-dessus des drapeaux chacun voit le grand nom !
Chacun voit le passé d'hier qui recommence ;
Ils ont tous à refaire à l'aigle un vol immense,
    Et l'avenir par le canon !

LA BATAILLE.

ODE.

A S. A. I. LE PRINCE NAPOLÉON BONAPARTE.

Entendez-vous ces bruits? Quel fracas effroyable!
    Que de cratères sont ouverts!
On dirait que Satan, dans la lutte incroyable,
    Arrache l'âme à l'univers.
Un long cercle de fer couvre Sévastopole,
    Où le sort du monde est en jeu :
Le Czar, pour la sauver, fait descendre du pôle
    Des ruisseaux d'hommes et de feu.

Eh! qu'importe le nombre? — Aux héros d'Alexandre
    Darius a-t-il résisté?
La pointe du géant, Sévastopole en cendre
    Va bientôt avoir existé.
Au feu donc! Menschikoff attend : l'affaire est belle :

Anglo-Français, au feu! — c'est fait.
Les coteaux de l'Alma sont vos plaines d'Arbelle :
    La gloire vous a mis au fait.

La bataille reprend aux flancs de la Crimée,
    Et rugit entre les deux camps;
Trois grands peuples sont là pour la Porte opprimée;
    La mort pleut de mille volcans.
Que d'exploits! — Les Anglais, ces murs de granit rouge,
    Restent debout sans s'ébranler;
La trombe russe échoue à leurs pieds... nul ne bouge :
    Les nôtres ont le temps d'aller.

Ils vont. — Un cri vibrant accueille nos zouaves;
    Cri sublime! — A nous, les Français!
Et la charge bondit, et ce que font nos braves,
    Histoire de sang, tu le sais!
Autour des deux drapeaux quelle large hécatombe!
    Que d'héroïsmes entassés!
Ces morts, cité de fer, ont déjà fait ta tombe!
    La Russie en a-t-elle assez?

Tu seras Bomarsund, fière Sévastopole!
    Ceux qui l'ont prise te prendront.
Des conquêtes du Czar deviens la nécropole;

Aux deux mers, il faut double affront.
La France d'Austerlitz marche avec l'Angleterre :
　　L'accord est plus qu'un accident ;
C'est un arrêt du sort qu'exécute la guerre,
　　L'avenir est à l'Occident.

Que peut, contre elles deux, sur la terre et sur l'onde
　　Le Nord, qui n'a que de la chair ?
Elles ont bras et cœurs pour étreindre le monde :
　　Braver leur foudre coûte cher.
Oui, qu'il en coûte cher, puisque la lutte est franche,
　　Au colosse, rongeur du temps !
Cet empire-polype, il faut qu'on lui retranche
　　Ses excroissances de cent ans.

Oh ! qu'envers l'Empereur l'Europe fut ingrate,
　　Quand il planta l'aigle à Moscou !
On ne le comprit pas ! — Dès ce jour l'autocrate
　　S'en allait on ne sait jusqu'où.
Cette France, rognée aux enchères de Vienne,
　　Qu'on vendit à l'encan des rois,
Il faut que, pour le bien, sa grandeur lui revienne.
　　Puisqu'elle a Napoléon trois !

Il faut qu'elle ait sa force. — A présent qu'elle est libre

Et qu'elle a repris le grand nom,
L'Occident reprendra son suprême équilibre,
　　　Mais avec elle ! — sinon, non !
Toi, tu ne comptes pas ; tes actions sont grandes,
　　　T'illustrer est ce qu'il te faut.
Le service est payé, pourvu que tu le rendes :
　　　France, la gloire est ton défaut.

La gloire est notre but : c'est la beauté chérie
　　　De nos fils, chevaliers du beau.
Égypte, Grèce, Espagne, Italie, Algérie,
　　　Toutes nous ont dû leur flambeau.
Les générosités sont l'esprit de la France,
　　　Dieu la créa pour les combats.
Elle est toujours debout pour tout peuple en souffrance ;
　　　Où va l'honneur, là vont ses pas.

L'HIVER EN CRIMÉE.

ODE.

———◦———

AU GÉNÉRAL CANROBERT.

Les Français sont les premiers soldats
du monde !

(Napoléon 1er.)

Maudit hiver ! saison par Satan inventée
    Dans les flancs arides du Nord ;
Saison du mal, couvrant la terre épouvantée
    Des blancs insignes de la mort ;
Toi, dont les noirs esprits neutralisent la vie,
Sombre allié des Czars et de leur Moscovie,
    Vainqueur des vainqueurs du Kremlin,
Ennemi des héros que le soleil enflamme,
Quand donc, hiver maudit, qui ne peux rien sur l'âme,
    Quand seras-tu sur ton déclin ?

Tombe, tombe en rayons infinis dans l'espace,
    Triste neige, tombe toujours !

Fièvres, pluie, ouragans, tombez! votre heure passe;
  Nos vaillants auront leurs beaux jours.
Lorsque vous partirez, souffles des Sibéries,
Comme ils se vengeront de vos intempéries,
  Nos braves, encloués là-bas!
Ah! comme ils reprendront d'intrépides revanches,
Et qu'on leur payera cher l'horreur de ces nuits blanches,
  Quand viendra l'heure des combats!

En attendant la charge, hélas! que de jours sombres!
  Que de tourments et d'âpres nuits!
Que de fléaux domptés! Ah! combien, sous ces ombres,
  L'héroïsme a d'amers ennuis!
Nous, ici, nous avons nos foyers et nos couches,
De bons feux pour nos pieds, de bons mets pour nos bouches,
  Et de paisibles lendemains.
La vie est sans douleur sous notre ciel de France;
Et l'armée, en plein air, lutte avec la souffrance;
  La gloire souffle dans ses mains!

Ô l'admirable armée! Ô gloire de nos armes!
  Fils du soleil, soldats si beaux!
Notre admiration s'attendrit jusqu'aux larmes!...
  Que d'avenir sous leurs drapeaux!
Le bivouac sur la glace, un ciel plein d'inclémences!

Malgré d'immenses soins d'amour, des maux immenses,
  La tranchée aux travaux si durs,
Et des trombes de fer qui pleuvent sur leurs tentes!...
Rien n'éteint leur gaieté, rien n'émeut leurs attentes!
  Qu'en diront-ils, les temps futurs?

Ils diront que la France est la terre des braves,
  Comme l'a dit son Demi-Dieu;
Que même du destin ils ne sont pas esclaves;
  Qu'au lieu de sang ils ont du feu;
Ils diront qu'en tout temps cette race de flamme,
Pour l'avenir de tous, court à l'appel de l'âme,
  Et que s'offrir est son bonheur.
Que lui faut-il? un culte, un but d'idolâtrie,
Le mépris de la mort, l'amour de la patrie,
  Et le grand souffle de l'honneur!

1855.

LA CONSTANCE DES SOLDATS FRANÇAIS.

ODE.

A S. EXC. LE MARÉCHAL VAILLANT,

MINISTRE DE LA GUERRE.

Qui donc nous accusait de manquer de constance,
    Quand règnent les rigueurs du sort ?
Quel peuple a plus que nous l'art de la résistance,
    Et dans le cœur plus de ressort ?
La révolution, dans sa sphère élargie,
Lançant de tous côtés nos foudres d'énergie,
    A force d'âme a tout vaincu.
Contre le monde entier qui nous voulait esclaves,
Elle a, pendant vingt ans, multiplié ses laves,
    Et ses libertés ont vécu.

Nous les impétueux, nous légers ! O blasphèmes !
    Nous, dont le sang a fait les droits !
Quand avons-nous faibli dans les crises suprêmes,
    Étant seuls contre tous les rois ?

Quand avons-nous cessé d'être ce que nous sommes,
De stables ouragans ? — Quels essaims de grands hommes
    Jaillissent du volcan français ?
Autant que le premier, tous nos élans sont vastes ;
Notre vigueur morale inscrit dans tous les fastes
    Nos revers comme nos succès.

Quand la démocratie au cœur d'un peuple immense
    Allume ses hardis flambeaux,
Une invincible ardeur commence et recommence
    Ses efforts, de plus en plus beaux.
Nous nous sommes conquis nous-mêmes. — La patrie
A fait sa vie en grand, et rien ne l'a flétrie,
    Et ses flancs sont pleins d'heureux fils.
Ils sortent bouillonnants de son sein, pour l'histoire.
Où n'ont-ils pas gravé l'orgueil de la victoire,
    Depuis Moscou jusqu'à Memphis ?

C'est dans l'adversité qu'elle est ferme, la France !
    Et s'ils sont légers, les Gaulois,
C'est que légèrement ils portent la souffrance :
    Leurs vertus valent leurs exploits.
Donnez vos démentis, grandeurs nationales !
Empire et République, étalez vos annales,
    Aux yeux de qui vous méconnaît !

Pendant un quart de siècle à la terre liguée
La France a tenu tête, ardente, infatiguée :
    C'est la terre qui s'étonnait.

Masséna, le vainqueur de Zurich, grand dans Gênes;
    Moreau, reculant jusqu'au Rhin,
Placent au premier rang des vertus indigènes
    Notre caractère d'airain.
Le héros d'Italie, apprenti Charlemagne,
Écourtant quatre fois l'hydre de l'Allemagne,
    Au feu de quelques régiments;
Et, jeune conquérant d'un nouveau monde en friche,
Transportant la terreur jusqu'au cœur de l'Autriche,
    Ce vieux empire aux vieux ciments.

Et puis, chef poétique en sa course lointaine,
    Vainqueur du Nil au premier pas;
Ayant pour tout secours l'âme républicaine,
    Que les dangers n'ébranlent pas;
Sur ce sable où l'esprit gaulois vient de descendre,
Se montrant plus penseur et plus fier qu'Alexandre,
    Législateur le glaive en main,
Ah! ne prouve-t-il pas, à travers tant d'épreuves,
Que le peuple français, avec ses races neuves,
    Est encor le peuple romain?

Lorsque Napoléon succède à Bonaparte,
    Ouvrant aux temps un cours nouveau,
Quand du monde, à la course, il a refait la carte,
    La France monte à son niveau.
C'est du peuple français que partent les oracles.
Toujours infatigable instrument de miracles,
    L'instrument vaut son grand moteur.
Que de dépense d'âme en ces temps de merveilles !
Mais le destin fatal, qui trahit tant de veilles,
    Nous trouve encore à sa hauteur.

Après Moscou, Leipsick ; après Leipsick, la France
    Et sa campagne de géants.
Le Grand Homme a tout fait pour notre délivrance,
    Près des gouffres toujours béants.
Il tombe... à son couchant le soleil est plus large...
Il revient, il reprend l'Empire au pas de charge,
    Mais il ne dompte pas le sort.
Il part pour son calvaire... et pendant la tourmente
Le peuple seul tient bon, sa force d'âme augmente,
    Et c'est sublime qu'il en sort.

Oui, le peuple de France a la volonté forte
    Et la patience des forts.
Ce qu'il a résolu doit être... rien n'avorte

Dans sa pensée aux longs efforts.
Ses résignations sont de bouillantes trêves.
Vers les réalités marchent toujours ses rêves,
    Ce qu'il veut, il le veut toujours.
C'est ainsi qu'en trente ans deux royautés perdues
Ont dit qu'il lui fallait, pour ses routes ardues,
    L'aigle, l'Empire et de grands jours.

N'a-t-il pas ses devoirs de peuple magnanime,
    Son but de gloire jusqu'au bout?
Tant qu'il n'a pas sa part, sa fierté se ranime.
    Sa destinée aux flancs lui bout.
Aujourd'hui que sa vie a sa flamme normale,
Ses braves vont au loin... Quel peuple!... Une voix mâle
    Lui sort des poumons et du cœur.
La Crimée a pour lui l'action, l'air, l'espace...
Voyez, sous nos drapeaux, là-bas, ce qui se passe :
    Le pôle a senti son vainqueur !

Paris, 1855.

HYMNE A LA GLOIRE,

MUSIQUE DE LA REINE HORTENSE,

CHANTÉE A L'OPÉRA LE 15 AOÛT 1855.

———◦———

On nous défie. Eh bien ! la guerre!
L'aigle reprend son vieux tonnerre;
La France, unie à l'Angleterre,
Joint ses Lions aux Léopards.
Nos braves ont la terre et l'onde;
C'est l'héroïsme qui féconde :
Pour assurer le sort du monde,
Toujours la France a dit : Je pars!

Dieu nous appelle;
Battez, tambours.
A la gloire! elle est notre belle :
Courez, soldats, à vos amours.

Napoléon, roi de l'histoire,
Est le grand nom de la victoire.
Sur la Baltique ou la mer Noire

Nous trouverons des Moscowa ;
L'univers compte nos conquêtes.
Dans les batailles sont nos fêtes ;
C'est nous qui sommes les tempêtes :
Où nous allons, la foudre va.

Dieu nous appelle ;
Battez, tambours.
A la gloire ! elle est notre belle :
Courez, soldats, à vos amours.

LES ÉTRANGERS.

Constantinople, Rome, Athènes
Vous offrent leurs palmes lointaines ;
L'honneur y suit vos capitaines,
L'histoire y compte vos exploits.
L'antiquité vit par la France.
Ses armes sont la délivrance ;
Quand le vieux monde est en souffrance,
Que lui faut-il ? — Du sang gaulois.

Dieu vous appelle,
Partout, toujours.
En avant ! la gloire est ta belle,
Cours, noble France, à tes amours.

LE VIEUX SOLDAT.

Notre soleil eut ses planètes,
Nos âmes et nos baïonnettes
Firent partout les places nettes;
Pour nous le monde fut un camp.
La France et l'homme des batailles
Nous firent grands sous les mitrailles.
Enfants, au feu, gardez nos tailles :
La lave est fille du volcan.

Dieu vous appelle;
Roulez, tambours.
L'Empire eut la gloire pour belle;
De nos fils elle est les amours.

LES JEUNES SOLDATS.

Nos vieux étaient de vrais grands hommes;
S'ils furent braves, nous le sommes.
Il faut aux aigles d'autres dômes,
L'Empire est l'ère des grands cœurs.
Du temps nous sommes l'avant-garde;
Nous préparons des chants au barde.

La France est là qui nous regarde;
La croix attend nos pas vainqueurs.

> Dieu nous appelle;
> Battez, tambours.

Si la gloire fut votre belle,
Vieux guerriers, elle est nos amours.

UNE FEMME.

Illustrez-vous dans vos campagnes,
Au souvenir de vos compagnes.
Nos champs, nos bourgs et nos montagnes
Diront vos noms jusqu'au retour.
Vos sœurs, vos mères et vos femmes
Vous garderont leurs saintes flammes.
Et s'écrieront : A vous nos âmes!
Honneur, bonheur, chacun son tour.

CHOEUR DE FEMMES.

> Dieu vous appelle;
> Serrez vos rangs.

C'est la croix que veut toute belle :
Pour notre orgueil revenez grands.

CHOEUR GÉNÉRAL.

Vive la France,
Qui se souvient!
Dans la gloire est notre espérance;
Ce qui fut grand toujours revient.

SÉBASTOPOL.

ODE.

———————

AU GÉNÉRAL PELISSIER.

Vive l'Empereur !

Elles mentaient, les voix qui disaient imprenable
Cette Sébastopol, ville aux mille volcans!
Le cœur de nos soldats est inimaginable
    Quand la patrie est dans leurs camps!
Aux enfants de la France est-il rien d'impossible?
Le Grand Homme a dit : Non, à la race invincible.
Les siècles sont marqués de ses pas éclatants;
Du moment qu'elle part pour un but, elle arrive.
Elle a toujours du sang pour que l'histoire inscrive
    Ses hauts faits sur le front du temps!

Ah! l'on doutait de nous! — L'aigle a tué le doute!
Sébastopol répond par sa chute aux vains bruits.

Les Czars savent quels bras il faut que l'on redoute
    Pour les faux prestiges détruits.
Pourtant Sébastopol, cité changée en tombe,
A grandement lutté; c'est en grand qu'elle tombe.
Le siége a dévoré bien de sublimes cœurs :
La gloire a coûté cher. La lutte se termine
A l'honneur de chacun; oui, mais ce qui domine,
    C'est l'héroïsme des vainqueurs.

Que de fléaux bravés loin des terres natales!
Que de privations sous des cieux incléments!
Aux plus fermes vertus les pestes si fatales,
    Les longs assauts des éléments,
Et des nuits sans sommeil, aux déluges de bombes;
Et des milliers de morts, autour des camps, sans tombes;
Chaque lambeau de terre à gagner pas à pas;
Et d'ardents ennemis dans d'immenses redoutes;
Rien ne fait : nos vaillants, qui s'indignent des doutes,
    Se reposent dans les combats.

C'est fait! — L'avenir va; l'aigle élargit ses ailes :
L'Empire, c'est la gloire avec l'ère du grand;
L'Empereur, c'est le nom tout rempli d'étincelles
    Que la grandeur publique prend.
C'est de ce centre aimé qu'est parti dans sa flamme

Le fluide vital qui rend le feu de l'âme.
Le bienfait électrique a tout mis en bonheur.
De nos prospérités l'Empereur est le père.
C'est par lui que l'armée, en qui l'Europe espère,
    A réhabilité l'honneur!

Elle fut le salut aux jours de nos tempêtes;
Levier de la patrie, elle en devient l'orgueil.
Nos fiertés, haut et loin, ont relevé leurs têtes.
    Titans, l'armée est votre écueil!
Soldats et généraux, aux vertus pittoresques,
Transportent en tous lieux leurs mœurs chevaleresques.
S'il se lève, leur bras ne fait rien à demi.
Ils s'adorent entre eux en vrais frères de gloire;
Et, chose étrange à voir, même après la victoire,
    Ils sont aimés de l'ennemi.

Pour eux l'Europe entière a les yeux de la France,
Et salue à grands cris leur entrain belliqueux;
Oui, même la Russie a le cœur en souffrance
    D'avoir à se battre avec eux.
C'est qu'une âme, une idée est en eux : Dieu, peut-être!
Être vaincu par eux doit consoler de l'être.
La défaite a son prix devant le sang gaulois.
Les peuples entraînés, que nos armes délivrent.

Aux transports fraternels avec espoir se livrent;
        Ils ont besoin de nos exploits.

Victoire donc! — Victoire à l'Europe plus libre!
C'est l'Occident levé qui renverse Attila!
Seule, quand notre sang fait le grand équilibre,
        L'Allemagne n'était pas là.
Qu'importe! — Pour le bien à s'unir décidées,
L'Angleterre et la France, en tête des idées,
S'avancent..... l'avenir du monde est dans leur main.
La majesté du but les suit autour du globe.
Qui leur résisterait? — Leur alliance est l'aube
        Des libertés du genre humain.

Allégresses, flottez avec nos oriflammes;
Illuminations, saluez le réveil;
Si les feux de nos cœurs montent avec vos flammes,
        Ce sera presque le soleil.
Ah! quand ils reviendront tout bronzés des batailles,
Ces régiments d'honneur, aux homériques tailles,
Il faut dans notre amour leur faire un Panthéon;
Il faudra leur dresser un arc grand comme eux-mêmes,
Pour donner un passage à nos splendeurs suprêmes
        Jusqu'au cœur de Napoléon!

Ces possibilités de bien, qui les a faites?
C'est à Napoléon que la France les doit.
Des coalitions il a brisé les faîtes;
    Dieu semble le pousser du doigt.
A lui donc le triomphe, aussi bien qu'à nos braves.
Eux et lui de l'Europe ont rompu les entraves;
Eux et lui, c'est la France, et sa force est la leur.
Imitons nos soldats, ces élus de l'histoire;
Allons à l'avenir, comme eux à la victoire,
    Au cri de Vive l'Empereur!

LES AMBULANCES DES BATAILLES.

ODE.

Le cœur saigne : puisse tant de sang
versé, tant de malheurs, retomber sur
ceux qui en sont la cause !

(NAPOLÉON,
le lendemain d'Austerlitz.)

Oh ! qu'elle coûte cher la gloire des batailles,
    Même pour les vainqueurs !
Tout près du *Te Deum*, l'hymne des funérailles
    Gémit au fond des cœurs.
Que de flancs maternels, féconds pour la patrie,
    Dont la joie est flétrie,
Même quand le triomphe est rayonnant d'orgueil !
Que d'épouses en deuil, que d'enfants pleins d'alarmes
    Arrosent de leurs larmes
L'honneur de tant de morts qui n'ont pas de cercueil !

La guerre est le fléau des foyers domestiques,
    Dont l'espoir est détruit ;
C'est la fleur des États, sous les lois politiques,
    Qui tombe avant le fruit.

4

Anathème aux auteurs des vastes hécatombes,
        Qui placent sur des tombes
Leurs trônes d'un long crêpe et de sang tout couverts!
L'ambition des Czars veut des coups de tonnerre;
        Mais Dieu, qui hait la guerre,
Fait remonter vers eux les coups de l'univers.

Deux grands peuples sont là pour dompter les tempêtes,
        Le monde en est témoin.
Prompts et forts, ils ont dit au géant des conquêtes :
        Tu n'iras pas plus loin.
Dieu montre, en rattachant l'Angleterre à la France,
        L'art de la délivrance.
Sans elles un empire eût peut-être vécu...
Les deux peuples, unis pour rassurer la terre,
        Ne voulaient point la guerre :
Ils se sont condamnés à vaincre... Ils ont vaincu.

Oui, quels que soient les maux de ces duels si sombres,
        Dont le poids est si lourd,
Le soleil de la gloire en efface les ombres :
        L'honneur parle, on y court.
En vain l'humanité pousse des cris de blâme,
        L'héroïsme prend flamme,
Les nations de cœur vont où va le devoir.

L'avenir est l'enjeu des vaillantes armées,
        Et leurs masses charmées
Se cherchent pour la lutte... oh ! c'est terrible à voir !

Les cliquetis du fer, les hourras de la charge,
        Les vastes feux roulants,
La mitraille à grand bruit, qui démolit au large
        Des murs d'hommes croulants ;
Cette soif de mourir, qui s'emporte et qui tue ;
        Chaque ligne abattue,
Ces transports effrénés d'hommes et de chevaux,
Tous ces bouillonnements de la mêlée immense.
        Sublime de démence,
Quel spectacle ! — L'enfer sort de tous les cerveaux.

Ils sont tous enivrés des vapeurs de la poudre ;
        Le sang qui coule bout ;
On ne voit que le but sans entendre la foudre ;
        Le triomphe est au bout.
Que de carnage il faut pour faire une victoire !
        Pour un mot dans l'histoire !...
N'importe ! — Les dangers entraînent les esprits.
L'héroïsme est l'élan des âmes généreuses ;
        Elles volent, heureuses,
A ces fêtes de sang, dont le monde est le prix.

4.

Mais quel autre tableau! — Quand le combat s'agite,
    S'exaltant dans son cours,
Les blessés tristement cherchent le triste gîte
    Où l'art tient ses secours.
Là-bas est le vertige aux rudes turbulences;
    — Ici les ambulances,
De la gloire en lambeaux montrent les noirs côtés;
Là-bas l'enthousiasme; — ici les agonies,
    Les sombres gémonies,
Où la guerre n'a plus ses horribles beautés.

Qu'il en vient pour mourir, dans leur pâleur altière,
    Sur ce théâtre obscur,
De braves tout meurtris, dont l'âme reste entière,
    Dont le calme est si pur!
Leurs membres retranchés tombent devant leur face,
    Sans qu'un regret efface
Cette mâle fierté du devoir accompli.
S'ils meurent, la patrie en a le bénéfice :
    L'orgueil du sacrifice
Aux douleurs, sur leur front, n'accorde pas un pli.

Caractères divins! — O les beaux jeunes hommes,
    Que rend plus beaux la mort!...
Pleurons-les fièrement, car la gloire où nous sommes

Serait presque un remord.
Ce sont eux qui nous font cette grandeur morale
    Qu'une voix générale
Du bout d'un pôle à l'autre exalte en l'admirant.
Mais est-ce tout? — Voyez, dans ces lieux de souffrance,
    Ce que produit la France
De science et d'amour, car ici tout est grand!

Ces vierges des douleurs que saint Vincent inspire,
    Messagères du ciel;
Ces prêtres du drapeau, qui vont, quand on expire,
    Rendre la mort sans fiel;
Ces chefs des guérisons, officiers des blessures,
    Ames fortes et sûres,
Qui courent aux blessés en bienfaisants bourreaux :
Tous ces êtres d'amour aux dévouements rapides,
    Ces sauveurs intrépides,
Près des héros sanglants sont autant de héros.

Prêtres, chirurgiens, saintes sœurs, que nos braves
    Trouvent braves comme eux,
La renommée aussi, dans vos œuvres si graves,
    Vous fait des noms fameux.
En rayons fraternels votre majesté brille;
    Vous êtes la famille

Pour ceux que Dieu visite à leur suprême adieu.

Vous combattez les maux, soldats sacrés de l'âme;

    Et, le sein plein de flamme,

Vous êtes dans les camps les zouaves de Dieu!

Même après la victoire, oh! que le cœur se serre

    Dans ces lieux de douleur!

Le grand aigle lui-même, en reployant sa serre,

    S'écriait : Quel malheur!

Quel sang pur et que d'or la gloire en deuil dépense!

    L'humanité, qui pense,

Revendique à son tour ses droits, qu'elle reprend :

Elle veut dans l'honneur la paix, loi de l'Église,

    La paix qui fertilise,

La paix des Empereurs, celle qu'on fait en grand.

15 octobre 1855.

OVATION

A L'ARMÉE D'ORIENT.

ODE

LUE AU THÉÂTRE-FRANÇAIS

AU RETOUR DE LA GARDE IMPÉRIALE.

———————⊷○⊶———————

Quand l'Empire expira sur les bords de la Loire,
    Aux jours de nos malheurs,
La France en deuil se fit un linceul de sa gloire,
    Tout mouillé de ses pleurs.

Le peuple regretta ses grandeurs disparues
    Et ses destins si beaux;
Et son culte garda sous le soc des charrues
    Le grand règne en lambeaux.

Les cultes sont féconds aux champs de la patrie,
       Où vit le souvenir;
Et tôt ou tard, du fond de son idolâtrie,
       S'échappe l'avenir.

L'Empereur occupa la mémoire charmée
       Du peuple, au long remord;
On parlait du Grand Homme et de sa grande armée,
       Il vivait dans la mort.

Le héros est rentré (c'est l'amour qui le garde)
       Dans la grande cité;
Et l'Empire avec l'aigle, et l'armée, et la garde,
       Tout est ressuscité.

C'est un Napoléon qui règne, c'est la gloire
       Qui règne avec son nom;
La vertu du pays, morte aux bords de la Loire,
       Revient par le canon.

Quand le Czar a jeté le défi des batailles,
       La France a dit : J'irai !
Et nos soldats ont pris le chemin des mitrailles,
       Au pas accéléré.

Les Russes ont lutté comme de vaillants hommes ;
      Mais, aux sanglants conflits,
Ne savaient-ils donc plus, eux et nous, que nous sommes
      Les hommes d'Austerlitz[1] ?

Oh ! comme ils ont grandi dans l'estime du monde
      Ces bataillons de fer !
Comme, pour notre honneur, ils ont rendu féconde
      Cette guerre d'enfer !

Quels braves jeunes gens ! quelle fougue unanime !
      Héros improvisés,
La patrie emportait au but, d'un bond sublime,
      Leurs rangs électrisés.

Là, « Vive l'Empereur ! » ce puissant cri de guerre
      Devançait leur élan ;
Et la charge partait, comme quand le tonnerre
      Proclame l'ouragan.

Éléments et fléaux, pour eux vaines entraves :
      Leurs nuits valaient leurs jours.
Ils croyaient tout possible, et tout l'est pour nos braves ;
      Ils le croiront toujours.

[1] Paroles de Napoléon le Grand.

Oh ! qui n'exalterait jusqu'aux apothéoses
    Tous ces hommes de feu !
Si l'on fut grand sous l'oncle, aux temps des grandes choses,
    On l'est sous le neveu.

Ô France, tu leur dois ta haute renaissance,
    Ton prestige nouveau;
Sois triomphante en eux : que ta reconnaissance
    S'élève à leur niveau !

L'Empereur et l'armée ont grandi la patrie,
    Nos destins sont vainqueurs;
La nation n'a plus sa majesté flétrie,
    La vie est dans les cœurs !

Allons comme autrefois, quand rentrait le Grand Homme
    Dans nos murs triomphants;
Peuple, accours près du dieu de la place Vendôme
    Jouir de tes enfants.

Salue avec transport ces élus de l'histoire,
    Tous n'ont pu revenir...
Leurs drapeaux déchirés, saints haillons de la gloire,
    Rapportent l'avenir.

Ces bataillons bronzés au soleil de l'Asie,
    Ces fronts hâlés d'honneur,
Il faut que ton amour, peuple, s'en rassasie :
    L'orgueil est du bonheur.

En voyant rayonner sur ces mâles poitrines
    Tant de si nobles croix,
Peuple, reprends ta vie et tes forces divines;
    Avance, espère et crois.

Crois en toi, crois en eux, crois en celui qui veille...
    Les mauvais jours s'en vont;
Avec de tels soldats, quand la foi se réveille,
    Les miracles se font.

Leur rentrée est pour toi la plus belle des fêtes.
    C'est l'honneur de retour;
De nos prospérités, que leurs bras nous ont faites,
    Qu'ils soient fiers à leur tour.

Comme l'antique Rome, en scènes triomphales
    Traduisons leurs exploits;
Toute Rome a passé, sous nos palmes rivales,
    Dans l'âme des Gaulois.

Spectacles de vertu, que votre pompe inspire
Le grand peuple en émoi!...
En voyant nos fiertés, l'Empereur peut se dire :
Tout est parti de moi.

26 décembre 1855.

LE FILS DE L'EMPIRE

ou

LE PRINCE DE LA PAIX.

ODE.

———◦———

La Providence a voulu vieillir par le martyre et par
le malheur une nouvelle dynastie, sortie des rangs du
peuple. Elle restera fidèle à son origine, en s'occupant
uniquement des intérêts populaires, pour lesquels elle
a été créée.

(Discours de NAPOLÉON III au Corps législatif.)

Sa naissance sera le gage de la cessation des convulsions qui, depuis Louis XVI, ont, à des intervalles
plus ou moins longs, agité le Gouvernement et le
peuple français. Il a pour lui les promesses du passé
et l'espérance d'un héritage fort et puissant : son avenir est dans les mains de Dieu !

(Le Times.)

Mon fils était l'enfant de la Nation !

(NAPOLÉON Ier.)

Oh! que le mois de Mars à nos vœux est fidèle!
Comme il aime la France et qu'il est aimé d'elle!
Pour le peuple enchanté, c'est la saison du cœur.
Le héros du Vingt Mars, notre immortel grand homme,
Lui dut ce fils si beau qui naquit Roi de Rome :
C'est un fils que lui doit l'autre Empire vainqueur.

Mille huit cent quatorze, impitoyable année !
Dans un congrès de Rois, la France condamnée
Vit choir le grand Empire et son jeune héritier...
Étranges lois du sort ! L'Empire, en Mars, lui-même
Est l'arbitre du Monde en un congrès suprême,
Et c'est un fils de lui qu'attend le monde entier.

A toi donc, Poésie, âme des saintes causes,
Toi qui vois et fais voir la majesté des choses,
Dont la voix retentit plus loin que le canon ;
A toi, divin flambeau de la pensée humaine,
D'inonder de clarté la route où Dieu nous mène,
De chanter les grandeurs qui viennent du grand nom.

C'est à toi d'illustrer notre ère généreuse.
L'Empire d'aujourd'hui, c'est la patrie heureuse.
Napoléon, c'est nous sous le règne du beau ;
C'est le nom devenu le grand nom de la France.
Industrie, arts, honneurs, rien n'est plus en souffrance :
Le héros tout entier n'est plus dans le tombeau.

Il vit dans son neveu : notre orgueil recommence.
Le peuple d'Austerlitz reprend sa vie immense.
La France a secoué trente-six ans de deuil.

Il nous fallait le nom que toute langue nomme :
Pour relever le siècle il a suffi d'un homme;
La résurrection s'est faite en un clin d'œil.

Il faut aux temps nouveaux une race nouvelle,
En qui le peuple règne, en qui Dieu se révèle,
Qui s'empare des cœurs par des faits éclatants.
Pour d'autres intérêts cherchant de nouveaux pôles,
Les révolutions veulent d'autres symboles,
Car toute dynastie est la raison des temps.

On comprend l'avenir à voir ce qui se passe.
Avec Napoléon nous reprenons l'espace.
Notre force vitale échappe aux jours d'erreur.
Dès qu'ils ont leur soleil les germes poussent vite;
Il faut que la Patrie autour des siens gravite.
Pour nous conduire au grand, Dieu veut un Empereur.

Quel bruit fait tressaillir nos champs et nos murailles?
C'est Dieu qui d'Eugénie a béni les entrailles :
Un fils nous est donné; la joie a son flambeau.
C'est un rameau de plus... Comme un trait de lumière,
La nouvelle a couru de chaumière en chaumière...
Le Grand Homme en devient heureux dans son tombeau.

Le nouveau-né du Prince, au calme si stoïque,
Porte au cœur un beau sang doublement héroïque,
Le sang des Bonaparte et le sang des Gusman.
Les canons de la gloire, au seuil des Invalides,
Ont tonné de bonheur sur leurs affûts solides :
La fortune publique y voit son talisman.

La paix fait à l'Enfant un lit sur des trophées;
Autour de son berceau, nos gloires sont les Fées
Qui d'un cours lumineux vont doter ses destins;
Ses parents donneront au Fils-Roi d'Eugénie,
La Mère ses vertus, le Père son génie,
Et le Peuple français, ses généreux instincts.

De ses mâles amours le Peuple l'environne,
Les croix de nos soldats s'enlacent en couronne
Sur ce front bienvenu, tout étoilé d'honneur.
Les premiers bruits pour lui sont de nobles fanfares,
Son beau nom pour le siècle est le plus beau des phares,
Et même sa naissance est déjà le bonheur.

Comme battent nos cœurs, aigles, battez des ailes!
Que vos yeux au pays jettent leurs étincelles.
Drapeaux, inclinez-vous, le Peuple est triomphant.

Cet Enfant de l'Empire est le sang du Grand Homme.
Colonne, ébranle-toi sur la place Vendôme,
Le grand règne, à grand bruit, renaît dans un enfant!

Élevons notre joie, en ces jours forts et calmes,
Aussi haut que l'armée a fait monter nos palmes :
Nos jours d'expansion auront des lendemains.
Oui, sur les successeurs les trônes se soutiennent.
Autour des sceptres neufs, près des mains qui les tiennent,
Il faut que Dieu lui-même étende d'autres mains.

C'est la foi qui mûrit les grandeurs à sa flamme,
La foi, soleil de vie à l'horizon de l'âme :
Poésie, à son règne ouvre ton Panthéon.
On sait ce que l'Empire a de vigueur profonde,
Et la place qu'il tient dans les destins du monde,
Et tout ce que Dieu met dans un Napoléon.

16 mars 1856.

L'EMPEREUR AU CAMP DE CHÂLONS.

ODE.

───────

Quand la France repose, il faut qu'elle prépare
    Ses forces d'action.
Il faut que l'avenir, dont un rien nous sépare,
    La trouve en faction.

La sagesse prévoit pour n'être point surprise ;
    Le bras fort se tient prêt.
L'arc tendu qui s'exerce assure, avant la crise,
    L'habileté du trait.

C'est ainsi que la force est pour un Bonaparte
    Dans l'art de se mouvoir.
Pour atteindre le but, ne faut-il pas qu'on parte ?
    Arriver, c'est pouvoir.

5.

Pour un Napoléon rien n'est sans importance,
 Son règne a ses jalons.
N'est-ce pas la patrie, illustre fils d'Hortense,
 Qui te suit à Châlons ?

Ces tournois de la paix, dont tu donnes l'image,
 C'est elle en un champ clos :
C'est l'exposition, à qui tout rend hommage,
 De nos fils de héros.

Oh ! qui ne comprendrait quelle est la noble idée
 Qui germe dans ce camp ?
Notre armée a toujours une âme décidée,
 Notre gloire un volcan.

Comme tu sais régner, tu sais former tes hommes
 Pour les devoirs futurs,
Afin que nous soyons toujours ce que nous sommes,
 Si les temps étaient durs.

De tes ordres du jour l'éloquence suprême
 A aes mots triomphants.
On dirait la patrie élevant elle-même
 Sa voix sur ses enfants.

Que c'est beau d'être grand et d'avoir la science
     Qui plaît au cœur humain !
En toi la France parle, et de sa conscience
     Sort l'esprit d'un Romain.

Quel pouvoir Dieu plaça dans la main forte et large
     De nos deux Empereurs,
Soit que d'un grand désordre ils aient, au pas de charge,
     Renversé les erreurs;

Soit qu'ils aient fait savoir au monde ce que pèse
     Le nouveau fer gaulois,
Et ce que vaut la paix, quand la foudre s'apaise,
     Pour le travail des lois !

L'Empire, en qui l'esprit du siècle se révèle
     Pour toute nation,
Entre la vieille Europe et l'Europe nouvelle
     Est le trait d'union.

L'Empire, c'est la paix, qu'une auguste parole
     Fit luire avec bonheur;
Mais cette paix, pour nous qui jouons un beau rôle,
     C'est la paix dans l'honneur :

Mais pour le continent, qui maintenant respire,
        Chacun gardant ses droits,
Sous un Napoléon, cette paix de l'Empire
        Est le salut des rois.

Les révolutions et l'esprit de conquête
        N'ont plus rien à braver.
La France a des guerriers qui sont toujours en quête
        Des États à sauver.

Ainsi peuples et rois, dans leurs routes heureuses,
        Ont la France avec eux.
L'univers sait où sont, pour des mains généreuses,
        Les drapeaux belliqueux.

Oh ! vive notre armée et la garde éclatante,
        Où la gloire a passé !
L'avenir avec elle habite sous la tente,
        Ainsi que le passé.

C'est bien d'entretenir le feu sacré de l'âme
        Et les instincts du beau,
Et l'amour du devoir dans ces hommes de flamme
        Dont Dieu tient le flambeau.

La paix de nos soldats des secrets de la guerre
        Aime à ne point sortir,
Afin que, si jamais doit partir son tonnerre,
        Il sache bien partir.

Il faut, pour que l'Europe et la France, plus calmes,
        N'aient point de trouble au cœur,
Que nos braves n'aient pas, à l'ombre de leurs palmes,
        Désappris l'art vainqueur.

La joie est dans leur camp; cette joie est l'emblème
        Du bien qu'ils ont produit.
La gaieté du soldat est sa foi dans lui-même,
        Quand il est bien conduit.

La foi rend tout possible : elle est la grande vie
        Qui monte au Panthéon.
Croyez en vous, soldats, car la France ravie
        Croit en Napoléon.

Septembre 1857.

LE CHANT DES BRAVES.

A S. EXC. L'AMIRAL HAMELIN.

Soldats, la gloire nous appelle ;
    C'est un bonheur.
Marchons : la vie est noble et belle
    Au champ d'honneur.

La France adore les batailles.
Les preux nouveaux auront les tailles
    De ceux d'hier
    Au cœur si fier.
Nos pères furent des grands hommes ;
S'il étaient braves, nous le sommes.
    Les grands exploits
    Vont aux Gaulois.

Soldats, la gloire nous appelle ;
    C'est un bonheur.
Marchons : la vie est noble et belle
    Au champ d'honneur.

Quand la patrie ou Dieu l'ordonne,
Aux rendez-vous que l'on nous donne,
    Nos bataillons
    Vont en lions.
Nos gloires font les destinées.
Recommençons d'autres journées.
    Qui ne sait pas
    Où vont nos pas?

    Soldats, la gloire nous appelle;
    C'est un bonheur.
Marchons : la vie est noble et belle
    Au champ d'honneur.

Notre aigle au feu rouvre ses ailes.
Chasseurs, hussards, vite à vos selles.
    Ligne, en avant!
    Poitrine au vent.
Nos charges font trembler la terre ;
Nos fantassins, trombes de guerre,
    Au sang qui bout,
    Renversent tout.

    Soldats, la gloire nous appelle;
    C'est un bonheur.

Marchons : la vie est noble et belle
Au champ d'honneur.

Cavalerie, artillerie,
Chargez; vous êtes la patrie.
   Qui frappe bien
   N'a peur de rien.
Hachez, sapeurs; trouez, zouaves.
La victoire est pour les plus braves.
   C'est par le cœur
   Qu'on est vainqueur.

  Soldats, la gloire nous appelle;
   C'est un bonheur.
  Marchons : la vie est noble et belle,
   Au champ d'honneur.

Escadres de la jeune France,
Vos flancs sont tous pleins d'espérance.
   Partout sans peur
   Va la vapeur.
Sa liberté, reine du globe,
De temps nouveaux fait poindre l'aube.
   De toutes parts
   Sortez, Jean-Barts.

Marins, la gloire vous appelle;
C'est un bonheur.
Voguez : la vie est noble et belle
Au champ d'honneur.

Soldats, la guerre a tant de charmes!
L'âme grandit au bruit des armes,
Quand les drapeaux
Sont des flambeaux.
Marchons, vaillants comme nos pères.
Dans nos foyers, des jours prospères
Nous attendront
Couronne au front.

Soldats, la gloire nous appelle;
C'est un bonheur.
Marchons : la vie est noble et belle
Au champ d'honneur.

Le monde est plein de nos victoires.
C'est nous, dans toutes les histoires,
Qui moissonnons
Les grands renoms.
Rentrons vainqueurs, et nos compagnes
Diront au bout de nos campagnes :

Toi, qui fus là,
Tiens, me voilà !

Soldats, la gloire nous appelle;
C'est un bonheur.
Marchons : la vie est noble et belle
Au champ d'honneur.

Marchons, la France nous regarde.
Gagnons la croix qu'elle nous garde.
Les décorés
Sont adorés.
Vivants ou morts, le nom des braves,
C'est sur ton cœur que tu le graves,
France, et l'honneur
Fait leur bonheur.

Soldats, la gloire satisfaite
Veut le repos.
La vie est une longue fête
Pour les héros.

1854.

LES CHŒURS

DES OMBRES HÉROÏQUES.

AU GÉNÉRAL BOSQUET.

VISION.

Aux champs de la Crimée, un soir, près de leurs tentes
Nos soldats se parlaient des luttes éclatantes
    D'Inkermann, ce vaillant combat.
Le bivouac résonnait des récits les plus graves.
Tous étaient fiers et gais d'avoir été des braves,
    Comme on l'est quand la charge bat.
La nuit sur la mer Noire étendait ses longs voiles.
En regardant les cieux diamantés d'étoiles,
    Ces jeunes vainqueurs d'Inkermann
Croyaient voir scintiller des milliers de grands hommes,
Qui, sortis grands et forts de la vie où nous sommes,
    Revivaient dans le firmament.
Ils se mirent alors, rêveurs ossianiques,
A suivre dans le ciel les mouvantes chroniques
    De l'Empire, au brillant passé.
Il leur sembla bientôt, dans les espaces sombres.

Voir grandir, au milieu de fantastiques ombres,
    L'Empereur, divin trépassé.
C'étaient de nos grands morts les lumineuses formes
Portant avec leurs croix leurs riches uniformes
    Autour de l'immortel vainqueur.
Et bientôt le bivouac, envahi par l'histoire,
Crut entendre, bien loin, des hymnes de victoire
    Que chantaient les ombres en chœur.
Bien plus, tant la pensée élargit son domaine,
Dans l'esprit des soldats un nouveau phénomène
    Auprès d'eux va se produisant;
Les jeunes morts du jour se lèvent, chœur sublime;
Et, pendant que là-haut le passé se ranime,
    En bas s'exalte le présent.

LES OMBRES DU PASSÉ.

    Dans nos jours que de flamme!
    La patrie en fut l'âme,
    Et sous notre oriflamme
    L'univers se courba.
    Nous étions rois des armes.
    La mort avait des charmes,
    Et le monde eut des larmes
    Quand notre aigle tomba!

LES OMBRES DU PRÉSENT.

Nous sommes dignes de nos pères;
Toujours nos armes sont prospères:
L'Asie, au fond de ses repaires,
Sait quelle foudre est dans nos mains;
Les fils des braves sont des braves.
Pour nous la gloire est sans entraves;
Dieu dans nos cœurs a mis des laves
Pour en couvrir tous les chemins.

LES OMBRES DU PASSÉ.

Votre héroïsme est fils du nôtre.

LES OMBRES DU PRÉSENT.

Notre grandeur vient de la vôtre.

LES OMBRES DU PASSÉ.

Nous sommes fiers de votre Alma.

LES OMBRES DU PRÉSENT.

Votre Austerlitz nous enflamma.

LES OMBRES DU PASSÉ.

Comme l'Égypte aux champs numides,
L'Isly répond aux pyramides.

LES OMBRES DU PRÉSENT.

Du Kremlin à l'Escurial,
Vola votre aigle impérial.

LES OMBRES DU PASSÉ.

Vous, dans l'Afrique et dans l'Asie,
Vos faits sont pleins de poésie.

LES OMBRES DU PRÉSENT.

Dans le passé vous fûtes grands.

LES OMBRES DU PASSÉ.

Dans l'avenir prenez vos rangs.

LES DEUX CHOEURS.

Vive la France, et gloire à sa vaillante race!
L'honneur dans tous les temps est debout sur sa trace.

Quand il crie : En avant! ses fils audacieux
Marchent droit aux dangers comme on va dans les cieux.
L'aigle vers l'avenir ouvre toujours ses ailes.
La France a des regards qui sont des étincelles;
Le temps vit de sa vie et marche de son pas.
La mort n'est rien pour ceux qu'exalte un beau trépas.
Pour l'immortalité nos jours sont des passages.
Quand on meurt pour la gloire on règne sur les âges.

   Ô France, il faut t'en souvenir,
   Sois le passé dans l'avenir.

                            (Les chœurs s'éloignent.)

Dans le lointain des cieux la vision s'efface;
Les derniers sons du chant se perdent dans l'espace.
Mais le Grand Homme, avant de remonter vers Dieu,
Au bivouac, de la main, adresse un noble adieu!
Et les soldats, tout prêts pour une autre victoire,
Disent : Sébastopol complétera l'histoire.

1854.

LA JEUNESSE DE L'ÉPOQUE.

.... Quid non mortalia pectora cogis
Auri sacra fames !
(VIRGILE.)

Sous l'Empire, épopée au sombre dénouement,
Tous nos fils s'inspiraient d'un mâle dévouement.
Que la France était belle! elle vivait de l'âme;
L'honneur fécondait tout de sa puissante flamme;
Chaque existence en elle avait un saint flambeau;
L'amour du grand marchait avec l'amour du beau;
Tout allait droit et ferme au but, sans ligne oblique;
Chaque orgueil s'immolait à la chose publique;
On n'avait pas le temps de ne penser qu'à soi;
Vivre pour la patrie était l'unique loi.

Les jeunes gens d'alors, pour la gloire intrépides,
Fermaient leurs cœurs virils aux passions cupides.

Alors on ne voulait qu'être riche d'honneur;
C'est à se distinguer qu'on mettait son bonheur;
On n'ambitionnait que d'être homme d'élite.
Le monde, vierge encor du mal israélite,
N'était point altéré de ces soifs de trafic
Qui de l'amour de l'or font un malheur public.
Quand pour la France au loin l'aigle battait des ailes,
Les abnégations étaient universelles;
On se sentait grandir aux grandeurs du pays;
Les intérêts publics étaient seuls obéis;
L'égoïsme vulgaire oubliait sa souffrance,
Et tout Français n'était qu'une part de la France.
Époque mémorable, et qui toujours surprend,
Où le grand Empereur poussait tout vers le grand!

Gloire aux vieux de la vieille! ils représentent l'ère
D'amour patriotique et d'élan populaire,
Où, comme un feu du ciel, en tous lieux nous passions,
Pour donner de la vie aux nobles passions;
Quand du sang de la France arrosant ses semences,
La révolution faisait des pas immenses.
Jeunes alors, ces vieux que nous voyons passer,
Rayonnaient de splendeurs qu'on ne peut surpasser.
Cette foule d'élite, avec idolâtrie,
Au niveau d'un grand homme élevait la patrie.

Chacun, plus que la mort, craignait le déshonneur;
Vivre ou mourir en grand était le grand bonheur;
Tout l'Empire était plein d'une vertu romaine,
Tout était majesté dans l'âme, plus qu'humaine.

Aussi de quel respect les villes et les champs
Couronnent les vieux jours des héros si touchants!
La gloire est quelque chose en ce monde, où tout passe;
Elle seule possède et le temps et l'espace.
Voyez ces vétérans de l'Empire immortel,
Dont les pauvres foyers ont chacun un autel;
Voyez comme leur culte au dieu de la victoire
De chacun d'eux pour nous fait un lambeau d'histoire.
Sur leurs fronts, que le temps penche vers le tombeau,
La jeune France voit toute leur vie en beau.
On entend du passé la fanfare sonore,
Et l'estime publique en tous lieux les honore.
C'est donc un saint calcul, digne d'un noble orgueil,
Que d'être respecté jusqu'au bord du cercueil.

Eh bien! lorsque partout, de lumière suivie,
Votre ardente jeunesse allait jetant sa vie,
Vétérans de l'honneur, quand, au bruit des canons,
L'histoire enregistrait tant d'admirables noms,
Pensiez-vous qu'après elle une ère si vaillante,

Dans les épuisements d'une âme défaillante,
Laisserait, au civil, des fils abâtardis,
Dont l'argent seulement rendrait les cœurs hardis?

Notre armée a toujours une ardente jeunesse;
Il suffit du drapeau pour que l'honneur renaisse;
Mais dans les rangs bourgeois, malgré nos trois couleurs,
La jeune France, hélas, a les pâles couleurs.
L'amazone d'hier, à l'air chevaleresque,
Dont l'élan vers la gloire était si pittoresque,
Oisive, l'œil sans feu, ne s'exaltant pour rien,
A le teint d'un phthisique et les goûts d'un vaurien.
Noble vieux de la vieille, en l'état où nous sommes,
Que tu dois en pitié prendre ces jeunes hommes!
Ces pâles chercheurs d'or, sans idole et sans foi,
Qui, dans l'âge du cœur, semblent plus vieux que toi!
Quand sur nos boulevards, si pauvres d'énergie,
Tu vois, flétris et lourds, ces héros de l'orgie,
Traîner en beaux habits, si mollement coquets,
Leurs ennuis paresseux fatigués de banquets!
Ils n'ont rien dont le cœur puisse se satisfaire :
Faire mal parler d'eux est leur unique affaire.
Que tu dois, étranger à ce mal général,
Mépriser ces grands nains, si nuls, sans nerf moral!
Ces générations de nos gloires sorties,

Dont le plaisir dissout les âmes amorties,
Qui marchent au scandale avec des fronts moqueurs,
Qui foulent d'un pied lourd nos lauriers de vainqueurs,
Et qui, se pavanant dans leurs vices prospères,
Démentent sans pudeur les grandeurs de leurs pères!
Était-ce pour nourrir leur vanité sans but
Que le monde étonné nous payait son tribut?
Rien de beau ne les pousse : intrépides à table,
Galvanisant de vin leur langueur lamentable,
Traînant leur léthargie aux balcons d'Opéra,
Dans l'âge où le grand vol de l'aigle s'opéra,
Ils colportent partout leur pâleur élégante;
Ils n'ont pour s'illustrer qu'une main qui se gante.
Leur gloire est de tirer vanité d'un tailleur;
Ce n'est que pour des riens qu'ils ont l'air batailleur.
Sans respect des vieillards, sans estime des femmes,
Ils ne se doutent pas même qu'ils sont infâmes.
Les propos dépravés, l'amour on ne sait où,
Le jeu, la soif du gain, un luxe sot et fou,
L'art de vivre inutile au fond de l'égoïsme :
C'est là ce qui pour eux compose l'héroïsme;
C'est à qui deviendra le plus mauvais sujet.
De leurs doutes railleurs Dieu lui-même est l'objet.
Il n'est plus de patrie, il n'est plus de grande âme.
Ces rusés conquérants de tout honneur de dame

N'ont de l'ambition, loin des nobles accords,
Que pour flétrir le cœur et cultiver le corps.
Le jour, d'un vil tabac s'enivre leur paresse;
La nuit, leur sang brûlé veille encor dans l'ivresse :
Vieillards anticipés, dans leurs goûts indécents,
Ils n'ont jamais compris que le culte des sens.
Le dogme qui les guide est celui d'Épicure.
Les devoirs sur leurs cœurs demeurent sans piqûre;
Leur valeur ne connaît que les luttes du jeu.
Souvent plus que de l'or est mis dans leur enjeu.
Leur probité se rouille. Heureux, encor novices,
Ceux qui ne jettent pas leur honneur dans leurs vices!
Il en est dont l'orgueil, levant d'adroits impôts,
Pour briller, de leurs clubs fait d'élégants tripots.
Le faste est le besoin de ces nullités vides;
Tous les dissipateurs ont des âmes avides.
Les prodigalités, dans notre âge d'argent,
Posent bien, dans le monde, un mérite indigent.
Que de stupidités brillent par la dépense!
De tout fond personnel l'étalage dispense.
Ce besoin d'éblouir, dont le monde est atteint,
Fait éclore partout des vanités faux teint.
La jeunesse elle-même, en cette ère néfaste,
N'a pour se distinguer que les excès du faste.
Cet art d'enjoliver l'homme d'un vernis faux

Mène à l'improbité souvent par les défauts.
Que d'élégants fripons cette opulence immonde
Fait germer et pousser, même dans le grand monde !

Être riche est la soif et la peste du jour ;
Mais l'être sans danger, sans peine, en un seul tour,
Voilà le grand talent et l'heureuse trouvaille.
L'argent improvisé n'attend pas qu'on travaille.
L'affamé du matin, le soir est un mylord.
Que de cœurs tu détruis, fièvre jaune de l'or !
Combien de jeunes gens, pour payer des maîtresses,
De spéculations nourrissent leurs détresses !
Beaucoup d'entre eux, s'ils ont quelque peu de vigueur,
Veulent d'un sort mesquin combattre la rigueur.
Comme d'un luxe prompt la soif les importune,
Ils s'arment de carnets pour vaincre la fortune.
Aux champs de l'industrie et des chemins de fer,
En artilleurs de gain, ils font un feu d'enfer.
Aux conquêtes de l'or ils vont au pas de course ;
Leurs grandes actions sont celles de la Bourse.
Au lieu des mots : patrie, honneur, comme autrefois,
C'est la cote des fonds qui prend toutes leurs voix.
De la hausse à la baisse, ils se font tous la guerre,
Et l'on ne s'enrichit qu'à grands coups de tonnerre.
Dans les temps où la gloire enfourchait nos coursiers,

On parlait des héros... on parle des boursiers.

Au lieu des noms fameux, Ney, Soult, Lannes, Bessières,

D'autres noms ont jailli des luttes financières.

La Bourse, des gens d'or, devient le Panthéon,

Et le roi des banquiers est leur Napoléon.

Est-ce que la richesse est tout dans cette vie?

N'est-elle pas souvent échancrée ou ravie?

Le mérite, un beau nom, un rang dans les beaux-arts,

Trésors qu'on ne doit pas à de louches hasards :

Ces fortunes de l'âme, elles sont éternelles.

Les maisons vont gardant les gloires paternelles;

Et toujours les respects sont partout prodigués,

Non aux plus opulents, mais aux plus distingués.

Ô jeunesse argentée, en ta vie animale

Quand donc secoueras-tu ta paresse anormale?

Quand voudras-tu sortir, prisonnière des sens,

Du cercle vicieux qui te presse en tout sens?

Où sont les souvenirs, sybarite en souffrance,

De la France d'hier et de l'antique France?

Pourquoi perdre ses jours et chiffonner ses nuits

Dans l'étourdissement d'insipides ennuis?

Vaut-il mieux se noyer aux flots stagnants des vices

Que de rendre au pays d'honorables services?

N'est-ce pas se haïr que d'égarer ses pas?
Est-ce donc exister que de n'exister pas?
Car ce n'est pas la vie ainsi que Dieu l'a faite,
Que de vivre inutile, allant de fête en fête.
L'homme est né pour être homme et d'honneur et de bien;
Vraiment, il ne l'est pas celui-là qui n'est rien.
Quelle est cette jeunesse obscure, usée, avide,
Qui, n'allant que pour soi, ne va que dans le vide?
Ah! c'était bien la peine, ô règne des vaillants,
De créer tant d'éclat pour ces nains défaillants!
De l'Empire d'hier splendides renommées,
Géants, vous bâtissiez un temple à des pygmées!
Des libertins sans but : voilà dans quelles mains,
Jeune Europe, est tombé l'avenir des humains!

Mais non, preux du grand règne, on vous suit, et la France
Dans d'autres preux nouveaux a mis son espérance.
Il est encor, toujours, des esprits généreux,
Qui de l'honneur français sont et seront heureux.
Il est dans les beaux-arts, dans la littérature,
Des jeunes gens qu'exalte une noble nature,
D'intrépides chercheurs, non pas d'or, mais de noms,
Que dans notre pensée un jour nous retenons.

Nos braves, en Crimée, aussi bien qu'en Afrique,

Prouvent qu'ils ont toujours le fluide électrique;

Que le mal n'a gagné que quelques fractions;

Que le feu n'est pas mort des grandes actions;

Et que, lorsqu'il le faut, féconde pour l'histoire,

La France a dans ses flancs des pourvoyeurs de gloire.

Quand le cri de l'honneur retentit dans son sein,

Tout armé de sa foudre il en sort un essaim.

La grande ruche, au jour d'agir, a des abeilles

Qui vont improviser d'abondantes merveilles.

Les cœurs sont à l'appel et redeviennent forts;

Nos soldats font en eux revivre nos grands morts.

La patrie à l'instant jette aux apothéoses

De nouveaux noms mûris au feu des grandes choses.

Nos braves, nos penseurs, armés tous d'un flambeau,

Luttent à qui rendra le nom français plus beau.

Dans nos drapeaux si fiers, il n'est pas de suaire.

L'armée est de l'honneur l'éternel sanctuaire;

Elle est notre espérance et notre souvenir.

Le passé vit en elle ainsi que l'avenir.

Pour l'ordre et pour la gloire elle est toujours formée.

France, tu seras grande; un mot dit tout : l'armée!

LA PATRIE EN DANGER.

CHANT GUERRIER.

———=⊙=———

Quel cri de guerre
Frappe la terre ?
Prends ton tonnerre,
Fils des Gaulois ;
Ne crains personne.
L'honneur moissonne,
Quand l'heure sonne
Des grands exploits.

Tout peuple libre est sans alarmes.
Sous l'aigle en feu cours te ranger.
Peuple, toi seul es grand : aux armes !
Pars ! — La patrie est en danger.

Marchons en masse,
On nous menace :

C'est par l'audace
Q'un peuple est fort.
A la frontière
Va tout entière,
Race guerrière,
Lance la mort.

Le cœur du brave est sans alarmes.
La charge bat. — C'est l'étranger.
Peuple, en avant! — Abats tes armes.
Feu! — La patrie est en danger.

La gloire vibre
Dans chaque fibre;
Pour être libre,
Tout est permis.
Ivre de poudre,
L'aigle à sa foudre
Dira de moudre
Ses ennemis.

Les belles morts n'ont pas d'alarmes.
Qui sait mourir sait se venger.
Même blessé, reprends tes armes;
Meurs! — La patrie est en danger.

Mais non, tout cède :
Dieu nous possède !
Peuple qui s'aide
Est roi du sort.
Quand les tempêtes
Sont sur nos têtes,
Ce sont des fêtes :
La gloire en sort.

Nous sommes nés pour la victoire.
La France ne veut pas changer.
Peuple, ta vie est dans l'histoire ;
Vis. — La patrie est sans danger.

UN SOUVENIR

AUX VIEUX DE LA VIEILLE,

DANS UN BANQUET DU 15 AOÛT 1840.

Convives du banquet en l'honneur du Grand Homme,
Qui rendez tout vivant le radieux fantôme,
Vous tous qui répondez à l'appel, en tout lieu,
Quand il faut honorer la patrie et son Dieu;
Fidèles annuels, civils ou militaires,
Dont les fils garderont les cœurs héréditaires,
Le vingt mars, le cinq mai, le quinze août, sont trois jours
Où vos grands souvenirs se retrempent toujours.
Ces trois dates, pour vous, de mort ou de naissance,
Sont les points cardinaux de la reconnaissance;
C'est le triangle d'or qu'en francs-maçons d'honneur
Vous faites, tous les ans, rayonner de bonheur.
Célébrer le grand règne est le culte de l'âme.

Soldats de la mémoire, aux croyances de flamme,

Vous montrez le chemin du sublime et du beau,

Gardiens du feu sacré sur un divin tombeau.

On eut beau la charger d'outrages et d'entraves,

Votre religion resta celle des braves.

Le culte pur qui souffre en devient plus profond.

Quand un peuple aime bien, c'est une charge à fond.

Sa logique est toujours dans son idolâtrie.

L'Empereur, n'est-ce pas l'orgueil de la patrie?

L'Empereur, n'est-ce pas, de splendeurs en splendeurs,

La révolution dans toutes ses grandeurs?

Lui, n'est-ce pas le peuple élevé sur le faîte?

Ô France, le quinze août n'est-ce donc pas ta fête?

La fête de ton règne en Europe, et des lois

Que créa le Grand Homme au bruit de tes exploits?

France, adorer ton Dieu, c'est t'adorer toi-même.

Le Napoléonisme est la gloire qu'on aime.

Voilà pourquoi nous tous, enfants du peuple fort,

Nous gardons notre Dieu plus vivant par sa mort.

Frères, vieux professeurs des vaillantes idées

Qui vont électrisant nos races décidées,

Quand, de nos souvenirs formant un Panthéon,

Nous offrons notre Pâque au grand Napoléon;

Frères, n'oublions pas, dans leur grandeur lointaine,

Les vastes compagnons du vaste capitaine;
Ces héroïques bras qui, partout éclatants,
En étreignant le monde ont fatigué le temps!
Avec la Grande-Armée, à tant de gloire unie,
Il faut que par le cœur l'avenir communie.

Un écrivain l'a dit, au temps de nos exploits,
La France est un soldat ayant le cœur gaulois.
Nation généreuse, ardente, infatigable,
Que l'action grandit, que le repos accable.
Il lui faut le soleil et la séve qui bout;
Elle ne se sent bien qu'alors qu'elle est debout!
Lorsque du feu sacré jaillit une étincelle,
La sueur de la gloire à son beau front ruisselle.
Malheur à qui l'arrête et ne la comprend pas!
Sa vie est d'être grande et qu'on aille à son pas.
L'Empereur n'est resté si cher à notre Rome,
Que parce qu'il la mit à son pas de grand homme.
C'est quand elle a monté qu'elle tombe à genoux.
L'impossible est toujours le possible chez nous.

Notre peuple, que Dieu remue afin qu'il marche,
Semble des temps futurs avec lui porter l'arche.
Il met toujours, montrant la route au genre humain,
Son esprit dans son glaive et son cœur dans sa main.

De l'humanité sainte il forme l'avant-garde.

C'est pourquoi l'univers, qui toujours nous regarde,

A compris que partout nos étendards si beaux

Des résurrections sont les vivants flambeaux,

Et que dans nos sillons, creusés par la Victoire,

L'idée en fleur qui pousse a du grain pour l'histoire.

C'est ainsi qu'aux grands jours de nos heureux volcans,

La Révolution marchait avec nos camps,

Et que la Grande-Armée, apôtre à coups de foudre,

Réduisait, sous son Dieu, le vieux régime en poudre.

C'est elle, dans l'Europe au loin refaite à neuf,

Qui semait les grands droits nés en quatre-vingt-neuf,

Et qui, du sang français fécondant les semences,

Dotait l'égalité de racines immenses.

Elle allait conquérir le monde en le sauvant :

La Grande-Armée était une idée en avant !

La République, ainsi que l'Empire, son frère,

De nos cieux plébéiens ont élargi la sphère ;

Et tous deux par l'armée, aux splendides travaux,

Portaient dans tous les sens les principes nouveaux.

La France était le centre, et du sein de la France

La grande vie allait à la circonférence ;

Les soldats en étaient les rayons. — Quand nos droits,
Ayant vaincu le temps, furent vaincus des rois,
Quand l'homme du destin, trahi par la fortune,
S'écroula : — notre armée, aux vieux rois importune,
Grande comme le Dieu-martyr qu'on lui volait,
Sous les drapeaux troués dont son front se voilait,
Abdiquait comme lui l'empire de la terre,
Et déposait sans peur le sceptre de la guerre;
Elle mourait debout, et, spectacle touchant,
Se couchait dans les feux de son soleil couchant.

Gloire donc aux soldats du règne populaire,
Aux héros fondateurs de notre nouvelle ère,
Aux vainqueurs du vieux monde, allant aux nations
Inoculer l'esprit des rénovations!
A ceux par qui l'Europe hier fut transformée!
Patrie, allons, debout! Gloire à la Grande-Armée!
Gloire aux purs instruments du règne plébéien!
La Grande-Armée, amis, fut un grand citoyen.

HYMNE A PIE IX[1].

MUSIQUE DE ROSSINI.

———

Que Rome s'enflamme
Comme un saint volcan !
Le soleil de l'âme
Luit au Vatican.

Le Pasteur suprême
Grandit son troupeau ;
Il est de Dieu même
Le porte-drapeau.

---

[1] L'Hymne à Pie IX, que le génie de Rossini a tout rempli de son feu
sacré, retentit dans tous les échos de l'Italie. C'est au bruit de cette mé-
lodie sublime que la vieille terre des Romains se remue, et que les cœurs
se réveillent pour la gloire. Il nous a paru plus qu'opportun de faire
connaître l'idée résurrectionniste de ce chant sacré. Un poëte de France
s'est inspiré des idées de l'hymne italique, et sa traduction libre a reçu
le souffle de Rossini.

(Extrait d'un journal de 1847.)

La main du Saint Père
Guide nos vieux droits;
L'Italie espère,
Pie étend sa croix.

C'est le grand symbole
Par le Christ porté;
C'est la parabole
De la liberté.

Pie est l'espérance
Qui germe en tout lieu;
C'est la délivrance
Qui nous vient de Dieu.

La gloire féconde
Sa sainte ferveur.
Le Sauveur du monde
Nous donne un sauveur.

Rome se relève.
L'esprit est toujours
Plus fort que le glaive;
L'âme a ses grands jours.

Soulève ta pierre
Peuple aux grands aïeux,
La clef de saint Pierre
Va t'ouvrir les cieux.

Christ descendit homme
Dans le sombre lieu;
Mais le saint fantôme
En est sorti Dieu.

Sur les bords du Tibre
Au-dessus des rois,
Pour que tout fût libre
Il planta sa croix.

C'est lui qui protége
Les faits éclatans;
Il a, pour cortége,
Le monde et le temps.

Octobre 1847.

LE MARÉCHAL SAINT-ARNAUD.

À PROPOS DE LA LOI DE DOTATION POUR SA VEUVE.

Dans l'élan de son patriotisme, le Corps législatif, entraîné par le chef de l'État dans sa sphère d'honneur, deux fois dans l'année a dignement répondu à l'appel de la Couronne par une éclatante unanimité. L'Europe a dû comprendre ce beau mouvement de nationalité. Sortis de la même source, Empereur et députés, tous ont été hardiment au même but, qui est la splendeur de la patrie. Deux grands emprunts, autorisés par les grands corps de l'État, ont été votés au pas de charge, et les souscriptions du pays ont prouvé par leur rapidité même la profondeur de la confiance publique. Le vote législatif était donc la traduction du sentiment national. Des millions sans phrase, c'est magnifique; mais les bonnes pensées ne gâtent rien aux bons écus. Quoique le silence ait été d'une éloquence significative, le Corps législatif était en position de parler, et de bien parler. L'âme a besoin de paroles dans les grandes occasions.

Une loi de gratitude nationale a été proposée aux députés de la France pour honorer la mémoire du maréchal Saint-Arnaud, en accordant une dotation à sa veuve. Ce tribut de reconnaissance payé à la mémoire d'un brave devenait une prime d'encouragement et de gloire offerte à notre infatigable armée d'Orient, qui a déployé dans les épreuves du bivouac encore plus d'énergie que dans les batailles. Un vote d'entraînement devenait donc tout simple; le scrutin législatif a parlé pour les cœurs. Les questions de cette nature ne se discutent pas.

Cependant, même après ce témoignage d'estime que les députés étaient impatients de donner, n'y a-t-il pas quelque chose à dire pour suppléer au laconisme de l'exposé des motifs? Nous sommes Athéniens, et non pas Spartiates; nous aimons à exprimer ce que nous sentons, et quoique les phrases ne soient plus, dit-on, désirées dans la patrie des Mirabeau, des Foy, des Bossuet, la France n'est pas fâchée qu'on lui parle toujours un peu de ce qui fait sa fierté et sa grandeur. Là où l'action est généreuse, la parole peut l'être également.

Les discours du Trône, par leur retentissement en Europe, ont prouvé que la parole avait sa puissance aussi. Il était permis de croire que le mutisme, d'après Homère, n'est éloquent que dans le pays des ombres. Un abus d'hier ne doit pas jeter les esprits dans un autre, qui est le vide.

Sans doute, les cœurs n'ont pas besoin de l'appareil dramatique des tribunes, mais ils sont heureux quelquefois de s'épancher, surtout lorsqu'il s'agit d'honorer la mémoire des hommes d'élite sous un gouvernement où les éminentes dignités sont occupées fort dignement par ce que j'appellerai les maréchaux du barreau français. C'est par la parole qu'ils sont arrivés, et, ma foi, nous en sommes fort aises, eux aussi.

Cela dit, c'est du patriotisme que je vais commettre en payant ma part dans la dette du pays, si bien formulée par le Gouvernement impérial, envers nos vaillants hommes de guerre.

Je dis hommes de guerre et pour cause. C'est à ces hommes-là que nous devons, à l'extérieur, le bénéfice de notre grandeur morale, et, à l'intérieur, la solidité de notre ordre social. De tout temps l'armée française a été le foyer des plus belles vertus civiques. Qui ne sait pas que, pendant les convulsions de la terreur, c'était sous les drapeaux que s'était réfugié l'honneur chevaleresque de la France? Qui ne sait pas que l'amour du devoir, le sentiment national, la défense de la Révolution, l'esprit des abnégations, le bonheur des dévouements se sont maintenus, purs et fermes, pendant les crises violentes, dans les camps de la République, d'où devait sortir Bonaparte, et le salut avec lui? C'est que, sous les drapeaux, la discipline, c'est-à-dire l'art de se courber sous la loi au nom de la patrie, enseigne à chacun l'oubli de soi-même, et la science du commandement, par l'obéissance. On est fort du cœur quand on se passionne pour le devoir.

A un demi-siècle d'intervalle, en 1800, ainsi qu'en 1851, c'est par l'armée, sous deux Bonaparte, que la civilisation s'est échappée de l'abîme, a vaincu le chaos, et enfin a marché. On oublie trop facilement les bienfaits de ces grands services. L'ingratitude n'est pas française. C'est par l'armée, aujourd'hui, que l'on désapprend les cupidités de l'époque, qu'on soustrait la France à la contagion des intérêts personnels, à la fureur du lucre, et que la patrie enfin se remet sur la grande route des nobles sacrifices. L'idéal purifie la matière. Nos soldats, qui vont mourir, et si bien mourir, ont retrempé la conscience publique au feu de leur gloire. Nous rentrons dans la vie de l'âme par l'héroïsme de notre armée, qui a lutté de grandeur avec ses braves frères d'armes, l'élite de la Grande-Bretagne : c'est là une révolution nouvelle qui marche, la révolution de l'amour du beau, inoculée aux deux grands peuples par leurs soldats.

Le maréchal Saint-Arnaud a été, pour sa bonne fortune et pour la nôtre, un des hardis régénérateurs de la nouvelle ère. Celui qui sait si bien choisir son monde d'action, l'Empereur, l'a trouvé tel qu'il le fallait pour en finir avec nos conflits de passions mauvaises et d'ambitions de toute couleur, et pour rétablir la fortune de la France sur sa large base de la souveraineté du bien. Le maréchal s'y est admirablement prêté. Il y a gagné son bâton d'honneur, et, ce qui est plus beau, son reste de vie glorieuse.

Depuis le jour de salut, cet autre chevalier sans peur s'est donné tout entier, corps et âme (c'est tout un chez les braves gens), à la réorganisation sociale, au rétablissement de l'idée napoléonienne, qui n'est autre que la grandeur de la France. Il fallait des âmes fortement trempées pour une œuvre de cette importance. Convenons que l'Empereur a eu la main heureuse, et la pensée aussi. Ardent au bien, infatigable pour le produire, ayant la foi de l'audace et l'audace de la foi, le maréchal a si bien secondé le chef de l'État dans le développement de nos facultés et de nos forces vitales, que, lorsque le moment est venu d'engager la France dans une lutte inévitable où se jouait l'avenir de l'Europe, l'Empire s'est trouvé prêt pour l'héroïque solution et pour se mettre fortement en ligne de bataille avec l'Angleterre, devenue notre sœur d'abnégation. Le sacrifice de sang a servi de trait d'union aux deux nations consanguines.

C'est alors que le maréchal Saint-Arnaud, s'évadant pour ainsi dire des jouissances d'une grande vie de cour, échappant aux honneurs, aux dignités, aux éblouissements qu'elles donnent, quittant les hautes faveurs acquises au prix d'une vie déjà altérée par d'éclatantes fatigues, courant à d'autres fatigues plus laborieuses encore, a sollicité l'honneur d'aller mourir à la tête de nos bataillons impatients d'imiter nos pères, car il sa-

8

vait, cet homme de cœur, qu'il pourrait ne rentrer en France que par un cercueil. Il a dirigé hardiment les débuts de cette campagne si fière; il a pris, sur les champs de l'Alma, la mort en croupe sur son cheval de victoire : ce n'est pas elle qui est venue à lui, c'est lui qui s'est précipité vers elle, et elle l'a gardé comme un gage d'honneur au sortir de la bataille gagnée, le sachant illustre, pour laisser à d'autres l'achèvement de cette grande entreprise. Cette immolation de soi-même a été le couronnement d'une existence toute criblée de beaux faits d'armes.

La bataille de l'Alma, cette première journée de la grande guerre, comme du temps de l'autre Empire, a révélé le grand capiatine dans le maréchal mourant. Le génie sortait de ce noble cœur près de s'éteindre. L'énergie de l'âme a galvanisé ce corps à bout de lutte, et la victoire a été forcée de se soumettre à cette volonté audacieuse. Il est vrai qu'il avait sous la main de magnifiques éléments. Quels soldats ! L'admiration va jusqu'à l'attendrissement. C'est de la foudre alignée. Ah! que n'a-t-il été permis au maréchal de Saint-Arnaud de vivre assez pour qu'il eût l'honneur de faire tomber Sébastopol aux mains des intrépides alliés. L'audace est la prudence des braves, et l'audace était le génie du maréchal. Les belles batailles tuent moins de monde que les longs campements. Souvent oser le plus, c'est risquer le moins. C'est le grand Empereur qui l'a dit, en créant un art nouveau d'action. Le brave maréchal était de cette école na-

poléonienne qui frappe de grands coups, et qui, dédai-
gnant la méthode des Montecuculli, profite sur-le-champ
de la puissance morale d'un succès; car, nous le savons
tous, les forces morales sont plus fortes que tous les
canons et que toutes les cavaleries du monde. Dans la
fameuse campagne d'Iéna, nos bataillons prenaient des
villes et des lambeaux d'armée à la course, parce que la
défaite est toujours impatiente de capituler, comme la
victoire de prendre.

La mort du brave maréchal lui a enlevé la possibilité
d'un tel résultat, mais elle ne lui a rien pris de son
âme. C'est encore à la manière du chevalier sans peur
qu'il l'a regardée venir. Il a accepté ce dénoûment pré-
maturé avec le calme et la résignation des âmes fortes.
Il avait pour consolation la conscience d'avoir bien fait,
d'avoir grandement rempli ses devoirs envers la patrie,
et de laisser toute sa vie dans son nom.

Il a rendu le dernier soupir, un christ dans la main
et sur le cœur. Cette fin si touchante et si chrétienne a
complété l'héroïsme du patriote et du soldat. Ceux qui
savent mourir savent mieux que personne qu'il y a de
l'autre côté de la mort quelque chose qui nous continue.
L'idée divine est le plus noble adieu des braves à cette
vie humaine, où ils ont tracé le sillon lumineux dont a
souvent parlé le grand mort de Sainte-Hélène.

Ce sont ces vaillants exemples de dévouement, d'oubli de soi-même jusqu'au bout, que l'Empire, le gouvernement de la vie nationale, a proposé de récompenser.

Quelle est la main française qui ne jettera pas avec bonheur le vote de la reconnaissance dans l'urne de la patrie. La valeur des hommes illustres est une de ses richesses, des richesses qui durent; il est donc juste que la patrie le leur rende.

LE MARÉCHAL BUGEAUD.

Les considérations patriotiques qui m'ont inspiré quelques pensées d'honneur sur le maréchal Saint-Arnaud trouvent leur application dans la vie militaire du vainqueur de l'Isly. Si le premier maréchal fut le Roland de notre armée, l'autre peut en être regardé comme le Cincinnatus.

Hors des camps, le maréchal Bugeaud faisait des conquêtes agricoles au profit du pays autant que de lui-même. Son génie actif luttait avec la nature comme avec les ennemis de la France. Au milieu de ses paysans il se trouvait heureux et fier comme au milieu de ses frères d'armes. Il estimait cette race admirable de travailleurs de la terre, qui sont les zouaves de l'agriculture et qui ont l'héroïsme du travail comme ils ont bien vite celui des batailles, car leur vie est un combat perpétuel pour faire la vie et la sécurité des autres. Les bras qui sont accoutumés aux rudes labeurs des campagnes sont ceux qui labourent le mieux les champs de la gloire. C'était la pensée du maréchal et de l'Empereur.

Il est certain que le maréchal Bugeaud a consacré tout ce qu'il avait d'âme, d'intelligence et de grandeur d'esprit à la grandeur de ce pays, auquel nous nous devons tous. Il a pris le bâton du maréchalat dans cette giberne où la révolution française seule a placé l'avenir de chacun de nos soldats.

C'est à l'école du grand Empereur qu'il avait appris la grande guerre et la science du dévouement absolu. Il faut souvent le redire : l'Empire n'était autre chose que le patriotisme et l'honneur en action. Les vétérans de ce règne ont servi de trait d'union entre la gloire du passé et celle de l'avenir. Le maréchal a été un de ces hommes traditionnels qui apprennent à ceux qui viennent les secrets de ceux qui s'en vont, pour le bon et pour le beau.

Ce fut lui qui féconda cette pépinière africaine de soldats de feu et de jeunes généraux qui nous ont rendu, à la première occasion, la grande armée d'Austerlitz et de Friedland. Que de généreuses flammes sont sorties de cette illustre casquette devenue historique! Messieurs, si la Restauration a eu l'honneur de prendre Alger, c'est au maréchal Bugeaud que la France doit l'occupation définitive de l'Algérie. Il en fut le véritable conquérant et le fondateur de la colonisation. C'est là son double titre à la mémoire du pays.

Il appartenait à la grande école stratégique du général Bonaparte. La bataille d'Isly était la deuxième édition de celle des Pyramides. Il redonna à la France et au drapeau tricolore le sentiment de sa supériorité. Il fit prévaloir de nouveau cette grande vérité historique, que les plus éclatantes victoires sont gagnées par le plus petit nombre, lorsqu'on a avec soi l'idée, le génie de l'idée et la foi.

Son système de multiplication d'activité en Algérie devint la tradition que l'Empire lui avait enseignée. L'action est le véritable esprit de la France militaire. Notre conquête avec lui se fit créatrice. Nous lui sommes donc redevables de nos prospérités en Afrique, prospérités qui n'ont plus qu'à s'accroître. C'est ainsi que bien souvent le génie d'un seul homme fait la fortune à venir des États.

Ce qu'il faut surtout reconnaître et récompenser, après l'admiration provoquée par tant de hauts faits militaires qui produisent une féconde émulation, ce qu'il faut proclamer bien haut, c'est cette passion du bien, cette adoration de la patrie, cette soif de la servir, qui dominait dans ces existences bouillonnantes. Les deux maréchaux qui sont l'objet de nos souvenirs s'inspiraient toujours, comme tous leurs frères d'armes, de ces mâles et civiques vertus qui font les grands citoyens. Ils ont épuisé leur vie à bien faire dans l'intérêt de notre nationalité; ils se sont usés à la peine; ils ont été réellement les martyrs du devoir, car la mort du vainqueur d'Isly comme du vainqueur de l'Alma n'a été, à tout prendre, que l'achèvement du sacrifice continu, que le terme avancé d'immolations successives. Ce sont là de beaux exemples que nous devons

couronner avec la fierté qu'ils font vibrer en nous. Heureux les gouvernements qui ont eu l'intelligence du choix
en élevant de tels hommes! Ici, il m'est permis de rendre
un légitime et honorable hommage à celui qui, se faisant
le suprême traducteur de la pensée publique, eut l'ex-
cellent esprit, en montant au pouvoir, de s'entourer des
notabilités pratiques de l'Empire, et de confier les destinées de la patrie à d'éminents patriotes tels que les Gé-
rard, les Lobau, les Bernard, les ducs de Dalmatie, les
Ornano, les Clauzel, les Exelmans, les Flahaut, les
Montebello, les Belliard, les Bassano et les Bugeaud. Le
règne qui a remis la statue du grand homme sur la colonne d'Austerlitz, qui a donné à la France l'arc de
triomphe de l'Étoile, la Madeleine, les galeries histo-
riques de Versailles, qui a fait revenir sur les bords de
la Seine le cercueil de Napoléon le Grand, ce règne a
eu son côté napoléonien dont nous autres, les bonapar-
tistes (il y en a encore!), nous devons tenir compte avec
nos cœurs de citoyens. Louis-Philippe aima les hommes
de l'Empire, et sous son gouvernement les fidèles du
culte impérial eurent la considération qu'ont trouvée à
leur tour, à présent, les fidélités du culte légitimiste.

Le général Bugeaud fut, pour ainsi dire, l'œuvre de
la monarchie de juillet. C'est donc une pensée hautement
nationale et généreuse que celle qui nous a conviés,
nous, les représentants des sentiments publics, à faire
acte de justice et de reconnaissance envers la famille
du soldat-maréchal. L'Empereur Napoléon Ier, en ren-

versant la colonne de Rosbach, prit sous sa protection
la gloire de la vieille monarchie des Bourbons. C'est
encore un Napoléon qui se rend solidaire des célébrités
acquises sous un autre Bourbon. En France il n'y a que
la France.

Soyons Français avant tout.. Aux grands hommes la
patrie reconnaissante : c'est le mot sorti de l'illustre révolution française.

EXTRAIT DU RAPPORT

FAIT AU NOM DE LA COMMISSION [1]

CHARGÉE D'EXAMINER LE PROJET DE LOI RELATIF À UN CRÉDIT

DE 2,700,000 FRANCS

INSCRIT AU BUDGET POUR SECOURS VIAGERS
À D'ANCIENS MILITAIRES DE LA RÉPUBLIQUE ET DE L'EMPIRE.

MESSIEURS,

En faisant un appel à notre patriotisme, en faveur des anciens militaires de la République et de l'Empire, le Gouvernement était certain d'avance de rencontrer, dans cette occasion, une généreuse unanimité. Jamais projet de loi ne répondit mieux aux sentiments et aux vœux d'un parlement français. Ce n'est pas seulement une mesure d'humanité qu'on nous propose d'adopter, c'est une proposition de dignité nationale qui nous est

[1] Cette Commission était composée de MM. le général baron BRUNET-DENON, président; BELMONTET, secrétaire; le général MESLIN, le vicomte LEMERCIER, le général PARCHAPPE, le comte REGUIS, le marquis de SAINTE-CROIX.

faite, c'est la satisfaction d'un droit sacré que la justice
de l'Empereur nous demande. Un but si honorable et
si pur justifie pleinement le projet de réparation qui
nous est présenté. Le cœur et la raison ont part égale.
La France entière applaudira à cette loi d'honneur, et
nous sommes les représentants de ses sentiments autant
que de ses intérêts.

Avant d'aborder la question, qu'il nous soit permis
d'entrer dans quelques considérations d'un ordre élevé :
car il faut voir les choses de haut, lorsqu'on touche à
ce qu'il y a de plus sacré parmi les hommes, la reconnaissance des nations.

Puisque nous avons à parler des reliquats de nos
grandeurs passées, on ne saurait assez remarquer, assez
admirer, avec un pieux respect, le touchant spectacle
de résignation et d'abnégation que donna notre grande
armée à la France et à l'Europe quand vint le dénoûment douloureux de l'Empire. Ces trois cent mille bras
de la patrie déposèrent les armes sans agitation, sans
trouble pour la paix publique, sans murmure. Ce fut
un moment sublime, et l'histoire des peuples n'a pas
de plus belle page. A l'exemple de l'Empereur, qui
s'immolait pour la France avec une stoïque grandeur,
l'armée française se dévouait à son tour par vertu, avec
le désintéressement de son illustre capitaine; ces milliers
de braves se retirent comme un seul homme. Pas une
plainte ne s'élève sur leur passage. Et qu'on ne l'oublie
pas, qu'on ne l'oublie jamais, la plupart étaient mutilés,

beaucoup sans ressources, et ils allaient, calmes et pa-
tients, silencieux et tristes, s'abîmer dans les besoins
et dans les misères de la vie civile, ne regrettant que
de n'avoir pas assez fait pour la gloire française, ne
pensant qu'aux malheurs de leur grand homme persé-
cuté. Oui, nous le répétons, ce fut là un spectacle
digne des regards de la postérité. Il y a de quoi atten-
drir les âmes les plus rebelles. Un mot explique cette
admirable abnégation : l'armée française était sortie des
entrailles de la patrie, elle était la patrie elle-même. Il
est donc juste de dire qu'à cette époque la grande armée
fut un grand citoyen.

Cependant dans ce bas monde on ne vit pas seulement de souvenirs et de gloire. Les braves de l'Empire
avaient usé une partie de leurs forces. En rentrant dans
leurs foyers, ils n'avaient plus ni carrière à parcou-
rir, ni état à continuer. Mais le courage était leur nature. Ils se mirent à la peine et au travail. Combien
ne furent pas heureux! Les privations les plus dures
vinrent les assaillir. Ils expiaient les jours d'héroïsme,
toujours avec la même résignation. Les moins malheu-
reux étaient souvent ceux qui mouraient. Cette situation
cruelle était connue de l'Empereur à Sainte-Hélène. Il
en était péniblement affecté, jusqu'aux dernières heures
de son agonie. Le Grand Homme s'oubliait lui-même
pour ne penser qu'à ses frères d'armes, qu'à ses enfants,
comme il les appelait toujours. La veille même de sa
mort, il s'écriait : *Mes pauvres soldats, que vont-ils devenir?*

Vous savez tous les legs qu'il a faits pour venir en
aide aux souffrances de ses braves. Ce fut donc une de
ses dernières pensées.

Cette dernière pensée devait être la première du
Prince, son digne neveu, dont le cœur renferme toutes
les affections et tous les sentiments du Grand Homme.
En effet, en arrivant au pouvoir, son premier mouvement a été pour le soulagement des infortunes des vieux
soldats, objet constant de ses plus vives sollicitudes.
Son premier besoin a été de leur témoigner sa reconnaissance, aussi bien que celle de la nation.

D'ailleurs, ce ne sont pas seulement les services de
guerre, le sang versé pour la patrie, les blessures re-
çues pour elle qui rendent recommandables ces dignes
restes de nos grandes armées. Il est d'autres services
dont il leur faut tenir compte et qui doivent faire ajouter
une récompense de plus à la récompense de leur passé
glorieux. Ils ont bien mérité de la patrie, moralement,
si on peut le dire. Le projet de loi a parfaitement raison
de leur attribuer une grande part d'influence, soit dans
les sentiments généreux du pays, soit dans les mesures
de salut public, quand la société s'est trouvée menacée.
Ils ont entretenu le feu sacré, et ils ont sauvegardé
l'ordre public; ce sont là deux faits qui honorent les
débris de nos vieilles légions. Oui, leur action morale
a été pour ainsi dire permanente sur l'esprit des masses,
depuis leur rentrée dans les obscurités de la vie privée.
N'ont-ils pas, depuis 1815, exercé une sorte d'apostolat

patriotique qui a fait pénétrer la popularité du grand
nom dans le cœur des générations nouvelles? Pendant
trente-trois ans, ces lambeaux de la gloire ont disci-
pliné les masses et les ont formées aux élans d'un vrai
patriotisme. Supérieurs à l'adversité même, ils n'ont
jamais désespéré des destinées de la France. Ils lui ont
tenu l'âme à la hauteur des grands souvenirs. Ce sont
eux qui ont surtout entretenu le feu sacré et l'amour de
l'honneur dans les régions inférieures du pays. Partout
ils ont formé des têtes de colonne pour le grand parti
national de l'ordre et de l'autorité. Ils ont mené l'opi-
nion de la multitude. Ils ont marché, le long de leur
vie modeste et souvent douloureuse, à la conquête de
l'avenir : enfin, quand le pays a repris sa liberté d'action et possession de sa souveraineté, quand il a fallu
vaincre le désordre des idées et le chaos des théories,
ce sont eux qui ont conduit ces mêmes masses, au pas
de charge, dans les voies de salut et dans le développement de nos facultés vitales. Ils ont fait sortir de l'urne
et de la conscience du pays l'impérissable nom que la
Providence, qui protége la France, a destiné deux fois,
à un demi-siècle d'intervalle, à rallier les volontés du
pays pour en faire jaillir la lumière, et pour sauver
les conquêtes de notre civilisation.

Ainsi, d'une part, ils ont été les instruments de notre
gloire militaire; de l'autre, les guides de la raison publique. Toute leur existence a été le dévouement à la
patrie; que la patrie le proclame par notre bouche!

Comme nous l'avons dit plus haut, la dernière pensée
de Napoléon Ier est devenue la première de son digne
héritier; il n'avait pas attendu le pouvoir pour fixer les
sollicitudes de son âme sur les détresses de nos vieux
soldats. Du fond de l'exil, ses générosités ont souvent
pris le chemin de la France; il nous a été donné, à
nous, de les voir partir de la terre étrangère. Lorsque
le peuple français l'a investi de la suprême puissance,
il s'est souvenu des vieilles misères à soulager. L'initiative
de la réparation est venue de son cœur, il l'a suivie avec
la persévérance qu'il convient de mettre dans la réali-
sation des pensées justes et généreuses.

Vous le savez, Messieurs, c'est en 1849 que, par
ordre du Président de la République, les préfets furent
invités à recueillir et à transmettre au Gouvernement
les réclamations des anciens soldats.

Après avoir discuté toutes les parties de la loi, l'orateur
termine en ces termes :

Messieurs, il ne faut pas perdre de vue que l'amélio-
ration de nos finances permet à la France d'être enfin
justement charitable envers ceux qui ont donné leur
sang et leurs forces vitales pour son honneur et pour
son indépendance.

En outre des considérations morales, politiques,
nationales qui militent en faveur de nos glorieux débris
de la République et de l'Empire, il en est une, tout

aussi puissante, qui donnerait à la réparation publique dont ces braves serviteurs sont l'objet un caractère de légitime restitution.

Le présent est solidaire du passé. Quand on a donné un milliard aux émigrés, on pouvait bien laisser tomber un million de plus sur les misères des défenseurs du pays.

Maintenant, si l'on considère qu'à l'époque du licenciement de nos armées, il y avait des masses dans les caisses des régiments et des soldes arriérées qui n'ont pas été distribuées aux ayants droit, les leur rendre aujourd'hui en secours viagers, surtout à ceux qui en ont un besoin indispensable pour une vieillesse qui finit tous les jours, n'est-ce pas là une sorte d'obligation morale pour un grand peuple qui est si fier de sa gloire, pour cette France, qui est si sensible et si fraternelle?

Oui, Messieurs, nous qui sommes les représentants de cette patrie des grandes choses, soyons grands en son nom, donnons du pain à sa vieille gloire; donnons de quoi bien mourir!

Le grand Empereur est revenu reposer sur les bords de la Seine, — ses statues sont remontées sur nos monuments, — ses aigles ont repris possession de nos drapeaux, — la croix d'honneur n'est plus veuve de son effigie, — ses héritiers occupent le trône populaire qu'il a créé, — son grand nom a refait le salut de la France, — son successeur refait à son tour nos prospérités publiques. Le peuple reconnaissant a ressuscité l'Empire.

Eh bien! les vieux soutiens de ce même Empire ne seraient pas tous admis au bénéfice de cette résurrection qu'ils ont faite en grande partie!

Si on ne leur rendait pas les droits qui furent lésés quand la patrie fut malheureuse, pourrait-on leur rendre les années, le sang, les membres qu'ils ont perdus au service de la patrie?

Sous toutes ces réserves d'un sentiment juste et vrai, la commission vous propose l'adoption pure et simple du projet de loi.

Mai 1853.

DISCOURS

PRONONCÉ DANS LA SÉANCE DU 11 AVRIL 1855,

ET DONT LE CORPS LÉGISLATIF A AUTORISÉ LA PUBLICATION.

————————

MESSIEURS,

J'ai présenté un amendement tendant à faire profiter du traitement de la décoration, rétabli par le décret de janvier 1852, les officiers légionnaires en retraite. La commission du budget a honoré de ses vives sympathies les considérations que je lui ai soumises.

En France, les idées vraies et justes en principe ne disparaissent jamais entièrement; les sentiments généreux sont d'essence nationale; les choses de droit ne meurent pas; on n'économise pas sur l'honneur.

Je défends une des grandes pensées de l'Empereur, pensée trop méconnue depuis 1814, et qui n'a pas été bien comprise.

Le Premier Consul, qui ne faisait rien que sous les inspirations d'une haute politique, à longue vue d'avenir,

était pénétré de cette vérité, que, le jour où l'on *s'éloi-
gnerait de l'organisation première de la Légion d'honneur,
on aurait détruit une grande pensée*. Ce sont ses propres
paroles; il voulait l'universalité de l'application et la
perpétuité du principe.

J'ose donc, moi, simple légionnaire civil, dans un but
de force gouvernementale et d'intérêt général, ce qui
est synonyme, revendiquer les droits des vieux officiers
décorés.

La position des officiers réclamants n'est-elle pas le
résultat de la violation d'une loi organique, sanctionnée
par les grands pouvoirs, dans un but de permanence?
L'article 10 de cette loi dit : *qu'il ne pourra y être rien
changé que par des lois*. Le but de l'institution, selon l'esprit du Grand Homme, était de récompenser les services
à la patrie dans ces fiers Gaulois qui n'ont jamais eu
qu'un sentiment, l'honneur, et de créer en même temps
un fonds d'avenir, un revenu, des ressources de haute
convenance, afin que les serviteurs d'élite, dans leur
vieux temps de retraite, eussent de quoi faire honneur
à l'honneur. Ainsi la dotation constituée parallèlement
à l'institution, à l'effet de maintenir sa splendeur, fut
définitivement fixée par la loi du 2 pluviôse an XIII, et,
cette fois encore, l'article 7 de cette loi disait, *qu'aucun
changement ne pourrait avoir lieu que par une loi*, dans
la même forme, c'est-à-dire avec la sanction des pouvoirs nationaux.

Quel mauvais génie a dépouillé de son principe gé-

néreux et de son patrimoine l'œuvre du souverain de
l'honneur?

Hélas! ce fut ce mauvais génie qui fit succomber l'Empire, à l'aide des trahisons de l'intérieur conduites par
le diable boiteux de la Sainte-Alliance. Le colosse ne
pouvait s'écrouler que par la mine.

Louis XVIII plaça sous l'égide de sa Charte la Légion d'honneur avec toutes ses prérogatives; mais bientôt la réaction l'emporta, la parole royale fut reprise,
la Charte fut violée, la Légion d'honneur mutilée en
haine de l'Empire; on la spolia de sa dotation. Le principe du traitement, l'effigie de Napoléon, dont la croix
fut veuve pendant trente-sept ans, l'aigle de nos grands
jours, tout disparut sous le bon plaisir de la Restauration,
qui démolissait la gloire. Par une flagrante illégalité, on
déshérita l'avenir de la Légion d'honneur. Une ordonnance peut-elle détruire une loi organique? Le 19 juillet
1814, année des défections et des calamités publiques,
une simple ordonnance royale, non insérée, par pudeur,
au Bulletin des lois, abrogea les dispositions fondamen-
tales de la constitution de la Légion d'honneur, consa-
crée par tous les grands pouvoirs au nom du peuple
français. Cet acte de la royauté lui porta malheur : il
devint une des forces morales du retour de l'île d'Elbe.
La violation des lois et des principes engendre toujours
des principes de chute inévitable.

La Révolution de 1830, comme toutes les révolutions qui tournent le dos à leur principe, se montra in-

fidèle, quant à la Légion d'honneur, aux devoirs de sa mission réparatrice. L'effigie d'Henri IV, cet anachronisme d'usurpation, resta clouée sur la croix, dont le veuvage ne devait finir que sous un autre Napoléon. Cependant le règne, tout imprégné de napoléonisme, du roi de la modération, aurait pu rendre son éclat à la Légion. Un Bonaparte seul devait le faire.

Napoléon, lors de la création de la Légion, prononça ces paroles mémorables, en critiquant la situation inégale des militaires qui avaient obtenu des armes d'honneur, les uns ayant haute paye, les autres double, les autres point, situation analogue à celle d'aujourd'hui :

« C'est une confusion indigne, il faut un système, de « l'unité, ou ne point s'en mêler. Les principes ne se « consolident qu'en recevant une application d'égalité « absolue. Les bonnes institutions sont les avant-gardes « de la civilisation. »

Voilà le véritable langage du grand homme d'État.

Savez-vous ce qu'il fit, ce Premier Consul, ce créateur de l'avenir français, à l'égard des militaires ayant déjà des armes d'honneur. Ils étaient au nombre de 4,000; juste le même chiffre que celui des officiers légionnaires délaissés aujourd'hui et qui réclament leur part d'égalité. Il les admit tous. L'article 1er, le premier de la loi de création, dit : *Sont membres de la Légion d'honneur tous les militaires qui ont reçu des armes d'honneur.*

L'effet rétroactif sortit vainqueur de sa grande âme.

Bien plus, sa justice distributive remonta plus haut encore. Il décora le vieux maréchal de Rochambeau et
d'autres soldats de la guerre de Sept-Ans, dont la vieille
monarchie avait oublié les services.

C'est ainsi que les cœurs héroïques font de la grande
politique. Aujourd'hui encore, *trois catégories* détruisent
l'unité de l'institution tant recherchée par son illustre
fondateur. La Légion a des compartiments de principe
inégal. Ce n'est plus qu'un échiquier d'honneur différent.

Les officiers légionnaires retraités ont pensé avec
raison qu'ils finiraient par avoir gain de cause auprès
de l'Empereur, qui est la justice suprême, et dont le
cœur est toujours en avant du bien public et du sentiment national, et auprès du Gouvernement impérial,
qui est le Gouvernement des droits de tous. Ils ont ré-
clamé avec un légitime espoir le bénéfice du décret du
25 janvier.

La pension de retraite de beaucoup de ces braves
qui ont fait les terribles campagnes de 1812, 1813,
1814 et 1815, a été réglée dans de mauvaises conditions, dans un temps où la monarchie n'aimait pas trop
à payer le prix de la gloire impériale et du sang versé
pour elle.

Ces reliquats de nos grandeurs ont acquis leurs titres
à une époque de monnaie courante d'héroïsme, qu'eux
ne marchandaient pas à la patrie ni à l'Empereur. S'ils
ne sont pas tous morts sous le feu de l'ennemi, les braves
gens, ce n'a pas été de leur faute. C'est à leur infatigable

travail de bravoure que la France doit la haute estime
de force et de magnanimité dont elle jouit dans le
monde. Ce sont ces mêmes hommes, devenus d'excellents
citoyens dans les modesties de la vie civile, qui ont dis-
cipliné les masses, défendu l'ordre social, contribué au
salut de la civilisation, et enfin ramené dans les voies de
la résurrection ces aigles, cet Empire et cet Empereur
auxquels ils ne peuvent plus dire aujourd'hui que ces
mots : *Morituri te salutant.*

Cette catégorie d'officiers délaissés compte, parmi eux,
2,000 blessures, 400 actions d'éclat et 4,000 tristesses
profondes.

Comprenez-vous ce qui résulte de l'exception qui les
afflige si amèrement? Ils sont les victimes d'une date.
Remarquez cette incohérence : les officiers décorés plus
récemment qu'eux sont plus favorisés que leurs aînés,
qui les ont formés aux choses de l'honneur et du service. Les nouveaux priment les vieux; le droit d'aînesse
est dévolu à présent aux cadets; c'est le monde moral
renversé. C'est le cas de répéter le mot de Napoléon :
« Les principes ne se conservent que par leur applica-
« tion générale. »

Si l'effet rétroactif du décret qui rétablit le traitement profite à la future retraite des officiers qui sont
en activité de service, pourquoi pas le même solde
d'honneur aux officiers retraités de date antérieure? La
loi n'est donc qu'une fatalité de circonstance. Est-ce que
la patrie n'est pas la même mère de tous les braves qui

lui ont fait les mêmes sacrifices? Il faut même honneur
aux fils de l'honneur!

Le Sénat, dans sa séance du 3 mars, a sanctionné
la justice de ces réclamations, en les renvoyant à
LL.. EExc. les ministres d'État et des finances, qui sont
aussi les ministres du cœur de Sa Majesté.

Votre commission du budget a exprimé des regrets
pénibles, condamnée qu'elle était à ne pas s'associer à
l'idée généreuse de mon amendement, enterré par des
raisons d'*ordre financier*.

D'ordre financier! — Est-ce qu'il n'y a pas au-dessus les raisons suprêmes d'ordre national, d'ordre d'é-
quité?

La surcharge de 1,200,000 francs pour les 4,000
croix des anciens services irait en décroissant rapidement,
et les vieilles blessures se chargeraient de la réduire tous
les ans. D'ailleurs, la France, la vraie France, a plus
d'entrailles que d'arithmétique. Voyez comme le grand
peuple a fait sortir des millions des petites cachettes d'é-
pargne pour l'emprunt national. Est-ce qu'il veut faire
des économies, lui, sur les vieux blessés de sa gloire? Ce
sont les additions et non les soustractions qui vont à l'honneur. Après avoir payé un milliard à la Sainte-Alliance,
ne trouvera-t-on pas un million pour les soldats de la
patrie?

On accorde des millions sans fin aux compagnies des
chemins de fer, pourquoi pas à ceux qui ont élargi les
chemins de la gloire?

Enfin, des centaines de millions sont employés, à juste titre, aux embellissements de la capitale; nos Bélisaires demandent seulement à l'État quelques centaines de mille francs pour les embellissements de la reconnaissance publique.

En 1856, dans la séance du 25 avril, l'orateur, reprenant la même question en faveur des officiers légionnaires, prononça les paroles suivantes, dont l'impression fut autorisée par le Corps législatif :

Le concours que nous prêtons au Gouvernement nous donne le droit d'espérer que les vœux exprimés dans cette enceinte seront pris en considération. Nous en avons de nombreux témoignages. Il est de fait que l'histoire offre peu d'exemples d'une harmonie aussi profonde entre le chef et les corps de l'État. C'est que la patrie est le grand trait d'union.

Puisque la patrie est contente, c'est le moment d'appeler de nouveau l'intérêt et l'esprit de justice de l'Empire sur une des plus intéressantes classes de serviteurs de la patrie. Je suis dans la question, car tous les services au pays se tiennent. Si l'on récompense le présent, n'oublions pas la gloire du passé.

Les illuminations qu'a fait éclater la paix, la glorieuse paix, ne devraient-elles pas dissiper les ombres qui obscurcissent bien de nobles existences. Vous devinez que je veux parler de nos officiers légionnaires en re-

traite, dont la cause, l'an passé, a ému vos sentiments
patriotiques. En effet, le Sénat, le Corps législatif, la
commission du budget, qui est la plus positive des com-
missions, le Gouvernement lui-même, par l'organe de
l'éloquent président du Conseil d'État, le ministre de la
guerre, tout le monde a reconnu qu'il y avait quelque
chose à faire pour ces vieux officiers qui ont tant de peine
à vivre et beaucoup moins à mourir.

Pour mon compte, je resterai fidèle à la cause des
officiers légionnaires. Ils ont été les professeurs d'héroïsme de notre jeune armée. Les services passés ont
créé et inspiré les services présents. S'ils n'ont pas pris
Sébastopol, ils ont pris, il y a vingt-six ans, l'Algérie,
que nous gardons. Ils ont pris les plus belles pages de
l'histoire moderne. Plusieurs de ces vétérans, criblés de
blessures, ont eu des fils qui sont morts pour la patrie,
comme eux ont vécu pour elle.

Vous savez qu'il y a cette inexplicable anomalie, à
savoir : que des officiers décorés le même jour, pour le
même fait d'armes, sous le même drapeau, par la même
ordonnance royale, les uns ont le traitement de la croix
à la retraite, et les autres, quand la retraite est effec-
tuée, sont déshérités de ce même traitement. Cela se
peut-il? Non, mille fois non, sous le Gouvernement de
la réparation. L'Empire d'aujourd'hui doit accepter la
succession de l'autre, sous bénéfice de reconnaissance.
Toutes nos gloires sont solidaires. Hier a fait aujourd'hui.

Pour moi, qui crois à la vertu de la persévérance,

surtout à présent, j'ai la certitude morale que satisfaction sera donnée aux croix des anciens. J'ai foi dans le succès de la cause que je défends, comme en 1831 j'avais foi dans la résurrection de l'Empire et dans le retour de la dynastie impériale, que je défendais seul à cette époque : le temps m'a donné raison; il me la donnera encore.

En terminant, je demanderai la permission de faire une citation de nobles paroles, sous les auspices desquelles je mets la cause de mes officiers. — Je la prends dans un livre dicté par l'Empereur à Sainte-Hélène, livre que beaucoup de personnes ne connaissent peut-être pas. C'est un commentaire de ce grand homme sur les Commentaires de César. — Il réfutait d'avance tous les libelles qui ont été publiés, dans notre temps, contre le Napoléon romain. Au génie seul appartient d'expliquer le génie. Dans la préface, due à la plume d'un serviteur fidèle, le comte Marchand, je vois que, *deux ou trois jours avant de mourir*, l'Empereur retrouvait tout son cœur pour ses soldats. Les grandes âmes ont la vertu de la reconnaissance, et la reconnaissance est la vertu des grands hommes.

Il disait d'une voix profondément attendrie : « Il est « beaucoup de ces braves qui ne sont point heureux; un « meilleur sort leur était réservé sans les revers de fortune survenus à la France. La postérité me tiendra « compte de ce que j'eusse fait pour eux si les circonstances eussent été tout autres. » Puis l'Empereur avait

ajouté : « S'il y avait un retour de fortune et s'il arrivait
« que mon fils remontât sur le trône, il est du devoir
« de mes exécuteurs testamentaires de lui mettre sous
« les yeux tout ce que je dois à mes vieux officiers et
« soldats et à mes fidèles serviteurs. »

J'espère que ce souvenir de l'Empereur sera, pour
les légionnaires retraités, une protection efficace sous
le règne de l'héritier de Napoléon Ier.

———

Enfin, dans la séance du 5 juin 1856, l'orateur, renou-
velant ses vives sympathies pour les vieux officiers, revint sur
la même question, en ces termes, dont la publication fut
encore autorisée par la Chambre :

Je vais parler de nouveau des officiers légionnaires
de l'Empire ; ces officiers sont l'élite de l'armée française
sous trois règnes. L'an passé, je crois avoir démontré :

Que le principe fondamental de la Légion d'honneur
était la rémunération inséparable de la croix honori-
fique ;

Que l'Empereur actuel, pour effacer les mutilations
inconstitutionnelles dont la Légion avait été l'objet par
ordonnances royales, avait voulu, par ses décrets de
1852, restituer à l'Ordre les prérogatives élémentaires
qui étaient la pensée de la création, en l'an x ;

Que des exceptions résultant des deux décrets de
1852, par suite d'oubli ou d'erreur, devaient disparaître,
parce que, ainsi que l'a dit Napoléon Ier, toute loi qui

produit des exceptions n'est pas juste, et alors devient
une mauvaise loi.

Le décret du 25 janvier 1852, corrigeant les oublis
du décret du 22 janvier 1852, se fondait, pour réparer
ces oublis, sur ce motif parfaitement équitable : *Qu'il
est juste d'étendre les dispositions du décret du 22 janvier
aux officiers qui ont rendu d'éminents services;*

Que, par conséquent, il est plus juste de les étendre
aux services éminents de plus longue date, rendus par
les officiers légionnaires à la retraite;

Que la somme afférente à l'extension de ces dispositions en faveur des vieux officiers ne dépasserait pas
douze à quinze cent mille francs, et qu'il est facile d'en
décréter l'allocation, vu la bonne situation de nos
finances; que, d'ailleurs, cette somme irait tous les ans
s'amoindrissant, par suite des extinctions, et ferait retour
à l'État en même temps que les pensions de retraite
laissées par ces doyens de l'honneur.

Je crois, enfin, avoir démontré que la Légion d'honneur, d'après la pensée de son illustre fondateur, ne
pouvait pas, ne devait pas reconnaître des catégories
anormales.

Votre commission du budget, l'an passé et cette
année, s'est associée, non-seulement à mes sentiments,
mais encore à mes considérations de principe et de droit,
sur cette question de dignité nationale; elle a fait plus
cette année, tant la logique est toujours une loi souveraine de la conscience; la commission, reconnaissant

que le but de ma proposition était de compléter l'œuvre de réparation due à la noble initiative du chef de l'État, a voulu manifester plus qu'un vœu, et, dans son rapport, elle dit *qu'elle était disposée à faire un pas de plus*, c'est-à-dire voter les fonds nécessaires à l'acte de réparation.

Mais, Messieurs, la commission a cru devoir faire des réserves qui seraient une continuation de l'injustice de la loi à l'égard des officiers qui auraient été décorés sous l'empire de la gratuité. Ce serait plus encore, selon moi; le principe absolu de l'institution resterait toujours atteint; les catégories établiraient, dans cette grande Légion de l'honneur, une nouvelle classe de suspects. Le but de l'institution serait méconnu.

Les lois sont unes, ou elles ne sont pas lois.

L'institution *est une* aussi. Établir un comité de recherches à l'égard des membres, tous égaux, de la Légion d'honneur, c'est emprunter aux mauvais jours de la Révolution sa fameuse théorie des suspects.

S'il y a eu des abus de nominations sous les gouvernements déchus, comme on le prétend, est-ce que ces abus ne sont pas inévitables dans tous les temps, comme inhérents aux choses humaines? Ce sont les gouvernements qui ont nommé; les nommés en sont-ils responsables?

Il faut agir, non en économistes qui subtilisent, mais en hommes d'État qui généralisent. C'est avec des généralités qu'on gouverne, et, permettez-moi le mot, qu'on napoléonise.

Le grand Napoléon a donné un grand exemple lors de la création de la Légion d'honneur : il a d'abord admis 4,000 soldats ayant des armes d'honneur au bénéfice de la Légion, en faisant fléchir le principe de la non-rétroactivité, et puis, sans distinction de drapeau, il a décoré plusieurs officiers royalistes qui avaient fait la guerre de Sept-Ans, et que la monarchie avait oubliés, comme elles le font toutes. Il protégeait aussi le passé, car l'État est toujours l'État.

Dans notre gouvernement de conciliation et de fusion, qui oserait conseiller de proscrire les droits des croix données par les deux Restaurations et par Louis-Philippe? Est-ce que la conquête de l'Algérie, qui nous reste; les campagnes de Morée et d'Espagne, l'expédition d'Anvers, les expéditions maritimes en Amérique et sur les côtes du Maroc, n'ont pas aussi leur gloire et leurs droits à la reconnaissance du pays? Même honneur, mêmes services, mêmes rémunérations; hors de là, point de justice. C'est le cas de rappeler le mot de Napoléon Ier :

« Les grands principes ne se consolident qu'en rece-
« vant une application d'égalité absolue. Le jour où l'on
« s'éloignera de l'organisation primitive de la Légion, on
« aura détruit une grande pensée. »

Cette grande pensée, que Napoléon III a entendu reprendre pleine et entière, ne la gâtons pas par des subdivisions indignes d'elle et qui ne sont pas napoléoniennes.

Être fidèle aux idées du Grand Homme, c'est l'être à sa mémoire. Il est certain, malheureusement, que nos officiers, que le 29ᵉ bulletin de la grande armée appelait des hommes de bronze, végètent, pour le plus grand nombre, dans une méchante détresse; leur mise à la retraite s'est faite dans des conditions étroites; leurs décorations n'ont servi qu'à décorer des souffrances. Il est plus que temps de venir en aide, par une réparation toute légitime, à de braves serviteurs, les doyens de l'honneur. Est-ce que ces mains qui ont tiré l'épée pour la France à la Moscowa, à Lutzen, à Montmirail, à Waterloo, à Alger, au Trocadéro, à Constantine, à Saint-Jean-d'Ulloa, à Anvers, peuvent se tendre toujours à la justice du pays? Ils disent tous avec raison : « Nous avons « trop peu pour vivre, mais trop pour mourir. »

Ces ruines du passé tombent tous les jours : ceux qui meurent s'en vont désolés; qu'on se hâte! Faire le bien, c'est le bien faire. A l'âge où ils sont, les mois sont des années, et les années, le piétinement sur des tombes. Ils n'ont plus de vivant que le cœur. Payer leur croix, ce sera les secourir sur leur pauvre rocher de Sainte-Hélène, car ils ont le leur aussi. L'Empereur les en fera descendre. J'ai foi dans cette généreuse initiative impériale, qui ne se lasse pas d'être grande et de bâtir sa popularité sur la reconnaissance publique. Dans les désastres qui affligent une grande partie de la France, la majesté de sa bienfaisance se met à la hauteur des malheurs publics, c'est-à-dire qu'elle les domine. Les mondations ne sont pas plus étendues que sa bonté suprême, qui ravit le peuple.

Eh bien! la grandeur d'âme napoléonienne, en rendant à la Légion d'honneur tout le lustre de son origine, effacera les misères des officiers, dont le cœur souffre sous leurs vieilles croix. Ces officiers, ne l'oublions pas, sont les vieux inondés de la gloire!

BANQUET DU 15 AOÛT 1855,

À PARIS,

PRÉSIDÉ PAR M. BELMONTET.

(Extrait du journal *La Patrie*.)

————— ⊃⊂ ——— ··

La réunion était des plus nombreuses. Toutes les classes de la société y étaient représentées. Des vieux soldats du premier Empire y assistaient en grande tenue, avec leurs uniformes si pittoresques. On y voyait également une foule de membres de la société napoléonienne du 10 décembre. La joie la plus vive n'a cessé de régner, pendant tout le banquet, dans cette fête annuelle de famille.

Plusieurs toasts ont été portés, aux applaudissements de toute l'assemblée,

Par M. Belmontet, *A l'Empereur!*

Par M. le comte d'Artenn, *A l'Impératrice!*

Par le docteur Deschamps, ancien chirurgien de la grande armée, *Aux idées démocratiques napoléoniennes!*

Enfin, par le président M. Belmontet. *A la brave armée du*

Piémont, qui a mis de son sang dans les gloires de l'Empire, qui
a défendu l'indépendance de la France en 1814, et qui représente en
Crimée l'avenir glorieux de l'Italie! Cet hommage à nos alliés
sardes a provoqué d'unanimes bravos.

DISCOURS POUR LE TOAST A L'EMPEREUR.

———

MESSIEURS,

Avant tout, le toast de l'amour et de la reconnaissance, le cri du patriotisme :

A L'EMPEREUR ! —— VIVE L'EMPEREUR !

Sa fête est celle de la grande nation, dont il a relevé
les grandeurs. Cette fête est surtout celle de vos cœurs,
pour vous qui, du temps de l'adversité, avez été les
courtisans du malheur, les rêveurs de la dynastie impériale, les apôtres de l'avenir, les couveurs de ces aigles
qui ont repris le vol de la gloire.

Vous étiez donc les inspirés de la Providence, vous
qui n'avez jamais désespéré, dans votre culte, du retour
des grandes choses ni de la résurrection de l'Empire.
C'est là un des bonheurs de votre vie laborieuse d'avoir
entrevu de loin l'arc-en-ciel qui mettait fin à nos tempêtes publiques. Le peuple doit avoir l'orgueil d'avoir si
bien compris la mission de Napoléon III, et vous, mes
amis, de la lui avoir si bien fait comprendre.

Vous avez l'honneur d'avoir travaillé, plus que le

temps lui-même, à la résurrection de cet Empire, qui réjouit aujourd'hui la patrie.

Vous aviez compris tout ce qu'il y avait d'éminemment national dans la restauration des Bonaparte, vous aviez eu le don de prophétie et de prévision. Aimez donc votre œuvre, et soyez fiers d'en célébrer le triomphe. L'Empire, c'est le règne de vos souvenirs et de vos espérances, et voici pourquoi, c'est que l'Empire est le gouvernement du vrai, du bon, du beau et du grand. Napoléon III, l'élu de votre âme, est la personnification des prospérités publiques.

En effet, voyez ce qu'était la France quand il l'a prise ou plutôt quand elle l'a pris, et voyez ce qu'elle est devenue sous l'énergie féconde de sa volonté.

Avant lui, tout était désordre, impuissance, misère, anarchie dans les esprits et dans les faits, stérilité pour le bien, lutte des plus mauvaises passions, et, enfin, esclavage universel par la licence despotique.

Avec lui et par lui l'ordre social s'est reconstitué sur sa large base, la création a succédé au chaos, la liberté du bien a repris son essor, et l'Empereur a de nouveau, comme son oncle immortel, appris au grand peuple le secret de ses immenses facultés.

Au dehors, la France s'est remise à sa place, en tête de la civilisation moderne; elle a reconquis sa légitime influence; elle se fait admirer, aimer et craindre; à huit cents lieues de nous, elle soutient héroïquement une lutte gigantesque; ses armées renouvellent ses mi-

racles de bravoure; ses flottes couvrent les mers de sa
protection; la Baltique, la mer Noire, la mer Blanche,
la mer d'Azoff, toutes les mers saluent son pavillon
comme celui de la délivrance; l'administration de la
guerre nourrit ses bataillons avec une extrême facilité,
comme s'ils étaient là sous la main. La gloire se souvient
de nos aigles, et bientôt Sébastopol se souviendra de
notre gloire. (*Applaudissements.*)

Oui, malgré la plus héroïque résistance (soyons
justes pour la Russie, ennemie digne de nous), oui,
bientôt la ville imprenable apprendra que sous les Napoléons l'impossible devient toujours possible. Du reste,
les résultats de la lutte sont déjà incalculables pour la
France. Du pôle à l'équateur, les alliés se promènent en
maîtres. L'Angleterre et la France marchent ensemble.
Que peut le reste du monde quand elles ont avec elles
la justice de l'univers?

A l'intérieur, les prodiges sont encore plus éclatants.

Les impôts arrivent comme d'eux-mêmes; le crédit
national grandit comme par enchantement; l'industrie et
le commerce se développent dans le même sens que notre
gloire; les travaux publics suivent la même ascension.
Après les rudes épreuves de la disette, du choléra, de la
guerre et de l'anarchie d'hier, plus terrible que tout,
la France se montre inépuisable dans ses ressources;
des emprunts nationaux détruisent la féodalité finan-
cière (*bravos*), et démocratisent le crédit public, et
vont au delà de l'appel que leur fait l'Empereur, comme

pour dire au monde entier que c'est le souverain de la
confiance et de la force. C'est là un effet moral d'une
immense portée; il détruit plus de préjugés que les
boulets ne peuvent détruire de citadelles. Ces merveilles
de notre vitalité, que fait jaillir si abondamment le
sceptre impérial, comme si c'était une baguette féerique;
cet ordre profond, qui a succédé aux agitations anar-
chiques; cette discipline universelle, qui s'incline devant
les lois obéies; ces institutions, qui assurent le bien-être
à venir des classes laborieuses, plus que ne l'eût fait le
socialisme, tout cela naît de l'Empire et l'Empire est
né de l'Empereur.

Aujourd'hui, à un demi-siècle de distance, la Reine
de la Grande-Bretagne vient saluer de cœur le neveu
du Grand Homme, sur le théâtre même des grandeurs
de l'Empire, et l'Angleterre vient visiter le tombeau
du Grand Homme. Quelle péripétie consolante pour le
salut du monde!

Quelle année mémorable que celle où nous sommes!
La capitale poursuit le cours de ses admirables transfor-
mations, qui tendent surtout à l'assainissement de la vie
publique encore plus qu'à la beauté de Paris. L'Exposition, cette grande bataille des inventions et du génie humain, où nos ouvriers auront leurs lauriers d'Austerlitz,
et qui fait de notre capitale le centre de tous les rap-
ports du monde, n'est-ce pas au règne de Napoléon que
nous en devons le magnifique spectacle et les enseigne-
ments féconds!

C'est le cas de rappeler ces grandes paroles du grand
Empereur, en 1804, au début du premier Empire :

« Tout ce que je fais, c'est pour la France. Je n'ai ja-
« mais eu d'autre but que sa grandeur et son utilité.....
« Mon véritable héritier, c'est le peuple français; voilà
« mon enfant, à moi ! »

Ces paroles s'appliquent également au règne de Napoléon III, n'est-ce pas? (*Oui, oui!*)

Un lord anglais disait dernièrement : « C'est à la
« grande sagesse du peuple que nous devons le gouver-
« nement sage et puissant de Napoléon III. » Il disait :
nous devons, comme s'il eût été Français lui-même, tant
les deux peuples s'identifient! Vous voyez qu'il vous rendait justice. Allons, à votre création, à votre amour, à
votre élu, à l'Empereur Napoléon III!

Ce discours a été accueilli par des applaudissements en-
thousiastes et par les cris de Vive l'Empereur!

BAPTÊME

DU PRINCE IMPÉRIAL.

1856.

———————————

Lorsque la nation, par ses votes, consacra le grand principe de l'hérédité dans la quatrième dynastie française, celle qui est issue du peuple, selon l'expression de nos deux empereurs, Napoléon Ier dit ces paroles mémorables aux grands corps de l'État :

« La France ne se repentira pas des honneurs dont « elle honorera ma famille.

« Le principe de l'hérédité, pour la stabilité de mon « œuvre, est destiné à perpétuer l'ordre nouveau qui est « né de la révolution.

« L'héritage assure la consolidation.

« C'est la fortune du pays qui est placée sous la pro-« tection de la transmission du pouvoir souverain.

« Le droit de ma dynastie est dans la volonté du « peuple. »

A cette époque solennelle, l'Église, par la voix de ses pontifes, que l'Empereur avait rétablis dans leur grandeur, donna publiquement pour garant de sa fidélité à César sa fidélité à la religion.

Nous savons que Montesquieu a dit qu'il était de l'intérêt de l'État qu'il y eût une famille régnante.

L'espérance de conserver les biens présents et les bienfaits d'un règne illustre repose sur la jeune tête des héritiers.

C'est le bien de la génération future.

Aussi le grand Empereur, toujours fidèle à ses pensées de création pour sa synthèse impériale, exprimait-il les mêmes sentiments à son retour de l'île d'Elbe.

« La France, disait-il, veut son Gouvernement natio-
« nal et la dynastie associée à ses nouveaux intérêts, à
« ses nouvelles institutions.

« La souveraineté n'est héréditaire que parce que le
« bien des peuples l'exige.

« Le trône impérial est la garantie naturelle de nos
« droits.

« Son rétablissement était nécessaire au bonheur et à
« la gloire de la nation, ainsi qu'à l'affermissement du
« repos en Europe. »

Il écrivait ceci aux rois coalisés :

« Après avoir présenté au monde le spectacle des grands
« combats, il sera plus doux de ne connaître désormais
« d'autres rivalités que celles des bienfaits de la paix,
« d'autre lutte que la lutte sainte de la félicité des
« peuples. »

Ne dirait-on pas que ces belles paroles ont été prononcées de nos jours, en face des grands événements que l'héritier du Grand Homme a conduits et dénoués à la manière napoléonienne ?

N'est-ce pas à présent même que l'application se fait dignement de ces autres paroles du Grand Homme :

« L'intérêt du trône impérial, élevé par la nation, est « de consolider tout ce qui a été fait en France par la ré- « volution. »

En les rapprochant des lignes suivantes extraites des publications du prince Louis-Napoléon :

« Napoléon, en arrivant sur la scène du monde, vit « que son rôle était d'être l'exécuteur testamentaire de la « Révolution, d'affermir sur des bases solides ses principaux « résultats, de réunir ce qui était divisé, enfin de remplir « une grande mission réorganisatrice »,

N'est-on pas en droit de reconnaître l'identité du but et les mêmes devoirs dans la dynastie remontée sur le trône plébéien ?

« Je n'ai pas inventé ce système, disait l'Empereur : il « n'est que le résultat de la civilisation et des mœurs.

« La Révolution se termine dans une famille perma- « nente qui la personnifie, avec laquelle la démocratie « existe de fait et de droit. »

C'est le Prince Impérial qui aujourd'hui, dans les voies de l'avenir, devient cette personnification écla- tante.

Pour être entière, il ne faut pas qu'une autorité ait des époques d'arrêt marquées d'avance.

Le caractère de la perpétuité consolide la confiance mutuelle et réciproque des gouvernants et des gou- vernés.

Ce sont là des vérités que fait ressortir la double so-
lennité du baptême du roi de Rome et du Prince Impérial
sous les voûtes de Notre-Dame.

Maintenant que la dynastie napoléonienne a repris
son rang dans le monde politique, et que la France est
redevenue le centre du système européen, donnons à
nos fêtes publiques toute la majesté d'un principe et tout
l'éclat moral digne d'une grande nation.

Déjà le souverain pontife a béni deux fois la dynastie
populaire de la France nouvelle, comme Étienne l'avait
fait pour la race de Charlemagne.

La cérémonie, qui fait l'objet d'une loi, sera une nouvelle sanction donnée par le Saint Père à notre dogme
politique, dont il va devenir le parrain.—Après le peuple
qui donne, le pape qui sanctifie.

Le Prince héritier, investi du principe de la transmission de la souveraineté populaire, va entrer dans la
vie politique comme le grand Napoléon en est sorti,
sous l'invocation de notre sainte Église catholique et romaine, dans laquelle l'Empereur a déclaré mourir, en
tête de son testament.

C'est Dieu lui-même, qui, par son vicaire apostolique,
l'élu de l'Église, va sacrer dans le fils de l'élu du peuple
l'hérédité napoléonienne.

Ainsi, trois principes divins forment la base de l'a-
venir dynastique : le peuple, l'Église et Dieu.

Et l'enfant Impérial, sur cette base solide, sera tenu
par une marraine adorée de la France, LA GLOIRE!

LES PAYSANS.

FÊTE RURALE

DANS LE DÉPARTEMENT DE TARN-ET-GARONNE.

(Extrait du journal *La Patrie.*)

———◆———

Les ovations qui, dans les campagnes de Tarn-et-Garonne, accueillent chaque jour la bienvenue du député de ce département, M. Belmontet, prouvent combien nos populations rurales du Midi sont dévouées de cœur et d'âme au gouvernement impérial, à l'auguste élu de leurs sympathies, et aux hommes publics dont le dévouement au chef de l'État est devenu pour elles une éclatante vérité. Ce qui s'est passé dans les divers cantons du département témoigne de la double popularité et du règne actuel et du représentant qui le fait aimer par ses fréquentes communications avec les localités qu'il représente. Il serait bon que tous les députés, prenant leurs devoirs et leurs fonctions au sérieux, imitassent l'exemple qui leur est donné dans notre département. M. Belmontet visite les communes les plus humbles; il se met constamment en rapport avec ses plus modestes électeurs; il s'enquiert des besoins, des droits, des réclamations et des intérêts qui attendent leur satisfaction : il est à tous. Aussi les populations rurales, qui l'ont nommé le député du pauvre, s'empressent-elles, partout où on sait qu'il passe, de lui prodiguer leurs témoignages d'affection et d'estime.

Dimanche dernier, dans la commune des Barthes, sur le Tarn, une grande fête était donnée en l'honneur de M. Belmontet. Un banquet par souscription réunissait plus de cent convives, tous appartenant à la classe agricole. Plusieurs députations d'autres communes s'étaient jointes aux habitants des Barthes. L'honorable représentant a été reçu, aux acclamations de la foule, par le maire du village, entouré de ses adjoints, drapeau déployé et musique en tête. Des salves de mousqueterie ont éclaté sur le passage du cortége, qui s'est rendu à l'église. Le banquet, qui a eu lieu immédiatement après la messe, était dressé sous une tente ornée de festons en feuillages et en fleurs. Plusieurs toasts ont été portés : *A l'Empereur, au travail, à l'armée d'Orient, à la mémoire du maréchal Saint-Arnaud;* et tous avec les bravos les plus bruyants. A l'occasion de la santé portée à l'Empereur, M. Belmontet a prononcé un discours qui a vivement impressionné ces braves campagnards et qui les a fait pleurer d'attendrissement, lorsque l'honorable orateur leur a fait comprendre cette double vérité : *qu'ils étaient les fonctionnaires de la terre, et que le bonheur venait de leur travail.*

La fête s'est terminée par un bal très-animé.

Voici le discours du député napoléonien :

MES BONS ET BRAVES AMIS,

Bons comme ceux qui aiment, braves comme ceux qui travaillent, vous allez porter une santé qui va sortir de vos cœurs comme l'éclair qui jaillit du fond du ciel :

La santé de l'Empereur, qui est pour vous la santé de la France.

Allons, mes braves compatriotes, au meilleur de vos amis : A Napoléon III !

Si votre député vous représente auprès de notre cher souverain, il représente l'Empereur auprès de vous : n'êtes-vous pas ses meilleurs amis, ainsi qu'il l'a dit une fois, ainsi qu'il le dit toujours ?

Oui, ses meilleurs amis, parce que votre affection est sincère, toujours inaltérable comme votre amour du travail, toujours féconde comme la terre que vous labourez.

Savez-vous pourquoi vous êtes encore les amis les plus précieux de l'Empereur ? C'est parce que toute la vitalité de la France, qu'il aime, part de vous ; c'est parce que, en dehors des passions et des ambitions politiques, vous consacrez votre existence au développement continuel des richesses du pays ; vous conservez le feu sacré du patriotisme ; vous donnez votre sang à la gloire nationale ; vous êtes les soutiens et la base de l'ordre social ; vous aimez dans l'Empereur l'héritier du

Grand Homme, qui est le dieu des campagnes; vous l'avez élu pour rendre à la patrie sa vigueur impériale; enfin, c'est parce que vous lui tenez compte dans votre cœur du bien qu'il fait et qu'il veut faire, et qu'enfin, vous êtes reconnaissants des bienfaits de son règne.

La reconnaissance est la vertu des bons et des forts. Oui, je le répète, vous êtes les bons, parce que vous êtes les forts. Si, parmi ceux qui ont tremblé dans les jours de tempête sociale, il en est qui ne se souviennent plus, une fois l'ordre reconstitué, de la main hardie qui a refait leur salut, vous autres, qui jouissez en paix du fruit de vos travaux, vous rapportez toujours à votre Empereur l'honneur du bien-être qui a reparu. Il n'y a que les lâches qui soient ingrats, et vous êtes les braves de la grande famille nationale.

Enfants du pays, paysans, comme on dit, ayez le sentiment de vos mérites et de votre force; soyez fiers de votre mission de travail sur cette terre, ayez l'orgueil de votre importance dans la vie nationale, et, pour vous élever à vos propres yeux, sachez ce que vous êtes.

Vous êtes au corps social ce qu'est le sang au corps humain : vous êtes la vie nourricière.

Vous autres aussi, vous remplissez une fonction suprême. Chacun a ses devoirs dans ce monde; les vôtres sont les plus grands, car vous êtes les créateurs quotidiens de la subsistance publique.

Les uns sont fonctionnaires dans l'État, les autres dans la justice, dans la religion, dans le service militaire,

dans la marine; vous, vous êtes les fonctionnaires du
sol. Avec vos bras, avec vos sueurs, avec vos pensées,
toujours portées sur un même point, vous accomplissez,
les premiers, l'œuvre de Dieu, vous faites la vie de tous,
vous êtes les ministres de la Providence, vous êtes la
source de toutes choses.

Eh bien! c'est là une fonction admirable; c'est ce qui
fait que, dans l'histoire des plus grands peuples de la
terre, les laboureurs ont été proclamés la partie la plus
pure et la plus noble de ces grandes nationalités.

Je vais plus loin; je dis, moi, que vous en êtes la
portion la plus heureuse. Oui, j'en appelle à vos âmes
elles-mêmes; oui, les classes agricoles sont les plus
favorisées de Dieu. Puis la santé de ces mêmes âmes
vous met à chaque instant en évidence et en pratique
cette grande vérité : *Le travail c'est le bonheur*. Voyez
que de soucis, que d'ennuis, que de vices rongeurs,
que de tristesses vagues, mais énervantes, travaillent les
gens oisifs des villes. Vous autres, vous n'avez pas le
temps de vous apercevoir de la vie elle-même.

Avant le jour, en rapport d'amour avec la terre, qui
est votre mère et votre épouse, vous travaillez sans cesse
à sa robuste fécondité. Quand le sol est bien remué,
quand la moisson arrive, quand le raisin se gonfle,
vous dites : C'est moi qui ai fait ces belles choses! Vous
vous couchez sur votre fatigue avec calme, vous ne
voyez que le lendemain, vous avez l'espérance pour
traversin, vous réalisez vos vœux, vous touchez le prix

de vos sueurs, vous économisez, vous grandissez l'avenir, vous créez le bien-être de vos familles; et quand l'heure du repos a sonné, vous allez, tranquilles et sains de conscience, vous reposer dans le sein de Dieu, qui vous récompensera de vos longs travaux. — Ainsi votre vie n'a pas les amertumes des villes; vous allez tout droit dans votre travail, et le bonheur, c'est-à-dire le calme de la conscience, ne vous quitte jamais.

Soyez donc fiers de vous-mêmes. C'est ainsi que l'Empereur, qui est votre œuvre d'amour, sait que vous êtes la grande sève de la patrie, les pourvoyeurs de notre gloire; car ce sont vos bras robustes qui renversent l'ennemi de la France. Il vous estime profondément, car vous êtes la loyauté même; il est sans cesse en recherche des moyens qui doivent protéger l'agriculture; il se souvient qu'à la chute de l'Empire ce sont les campagnes qui ont le mieux défendu le sol de la patrie, ce sol qui est votre ministère à vous; il vous aime avec tendresse, parce que les amours sont toujours réciproques; enfin, il ne veut être heureux que de votre bonheur, c'est-à-dire celui de la France.

À L'EMPEREUR DES PAYSANS! AUX PAYSANS DE L'EMPEREUR !

UNE CROIX D'HONNEUR.

(Extrait du journal *La Patrie.*)

———◦———

Une fête a été donnée au château de Montmorency, dans la commune de la Bastide-Saint-Pierre, par un simple laboureur, M. Avy, récemment décoré par Sa Majesté, pour le génie que ce paysan a déployé dans ses travaux agricoles. M. Belmontet, qui avait signalé au Gouvernement les services de ce brave homme, a été choisi pour être le parrain du nouveau chevalier. La réception officielle s'est faite avec toute la chaleur des fêtes méridionales. Dans un banquet de 100 couverts, le député a porté le toast d'honneur à l'Empereur, et son discours a été constamment interrompu par les cris de VIVE L'EMPEREUR!

Nous donnons ce discours, que nous empruntons au journal de Montauban, *Le Courrier de Tarn-et-Garonne :*

MESSIEURS,

Le grand Empereur, cet immortel parvenu de la gloire, qui était l'incarnation vivante de la Révolution française, en instituant la Légion d'honneur, consacra

11.

le grand principe, tout nouveau, de l'égalité, devant la
justice de l'État, de tous les mérites et de tous les services nationaux. Ce vaste génie comprit la France et il
lui donna hautement l'intelligence de ce même génie.
Aussi, la croix qu'il fit l'étoile polaire des grandes âmes
devint-elle le point de mire de tous les citoyens d'élite.
Cette création du Grand Homme produisit des merveilles
dans tous les rangs et dans toutes les conditions.

Nos soldats héroïques, nos savants, nos magistrats,
nos artistes, nos fonctionnaires, nos industriels, enfin
nos célébrités agricoles, tous ces rayons du soleil de la
patrie, tous ces pairs de l'honneur et des vertus civiques,
n'eurent qu'une ambition unique, celle de faire briller
sur de nobles poitrines l'étoile de toutes les bravoures.
L'habit du simple soldat comme l'uniforme brodé des officiers, la toge comme le frac, s'embellirent, du côté du
cœur, du ruban égalitaire. Cette confraternité d'élite cons-
titua le légitime orgueil des familles. Ce fut le nouveau
blason du mérite universel. La chute de l'Empire ne put
dissoudre cette émulation de distinctions, et les deux
royautés qui succédèrent au Gouvernement renversé
par l'étranger n'eurent rien de mieux à faire que d'exé-
cuter la pensée de Napoléon. La croix triompha du
temps, elle resta l'idole des vrais Français, quoique pro-
diguée trop souvent à la faveur.

De nos jours, il appartenait au vainqueur énergique
de l'anarchie et des mauvaises passions de retremper aux
sources patriotiques le principe de la grande décoration

nationale. Napoléon III a rendu son brillant prestige à
la croix de Napoléon Ier. Mais ce qu'il n'avait point encore
été donné à nos générations de voir, de sentir et d'admirer, le successeur du Grand Homme vient de le faire
jaillir de son cœur plébéien, comme une étincelle de son
suprême bon sens. Il a honoré la veste rustique comme
la tunique du soldat, comme l'habit de la bourgeoisie,
comme la soutane du prêtre.

Cet acte de sa justice rémunératrice a eu du retentissement en Europe. La main de Napoléon III a décoré la
laine d'un noble paysan. L'honneur a scintillé sur la
poitrine d'un homme des champs, et notre digne ministre de l'agriculture a décerné au soldat du travail
cette croix de chevalier que le grand Napoléon, après la
victoire de Wagram, envoyait, comme une prime de
gloire, à l'archiduc d'Autriche, au prince Charles, d'illustre mémoire. Voilà la veste au niveau de l'uniforme
brodé d'un des plus vaillants princes de notre époque.
C'est bien là le génie de notre Révolution.

Cette croix exceptionnelle, c'est un des nôtres qui l'a
obtenue, c'est-à-dire qui l'a méritée; c'est le département
de Tarn-et-Garonne qui, le premier, a été honoré de
cette distinction. Un brave de la charrue a gagné la décoration des champs de bataille, car il y a aussi de l'héroïsme dans cette lutte incessante des labeurs de l'homme
infatigable qui, ayant pour devise, *le travail après le travail*, triomphe des obstacles de chaque jour pour arra-
cher à la terre et aux saisons les richesses qui font vivre

largement la patrie, et qui lui donnent, à lui et à sa famille, le bien-être, ce noble résultat de ses sueurs.

Vous avez reconnu là l'histoire, toujours en cours d'exé-
cution, de l'honorable Adrien Avy, de ce laboureur émé-
rite à qui le Gouvernement impérial vient de donner le
baptême de l'honneur. C'est avec un orgueil réel que
votre député en est le parrain. C'est pour cela que j'ai
mis tous mes insignes de député : mon uniforme ne fut
jamais à plus belle fête. Cet uniforme a été institué pour
les cérémonies officielles de l'État et de la Cour; quelle
plus belle cérémonie que celle qui nous réunit? La plus
éclatante Cour de l'Empereur, ne sont-ce pas les fermiers
des campagnes? Ses meilleurs et ses plus purs courtisans, ne sont-ce pas les paysans, qui l'aiment pour lui et
pour la France, et qui disent d'un bout de la France à
l'autre, « Notre Empereur, » comme du temps de l'autre?

Les paysans, c'est-à-dire les vraies forces du pays,
ceux qui fournissent la masse de nos héroïques coureurs
de gloire, savez-vous ce qu'ils sont aujourd'hui? Vous
souvenez-vous de ce qu'ils étaient avant la Révolution,
qui, seule, leur a donné la poule au pot, tant promise
par la bienveillance orale d'Henri IV?

Avant la Révolution, sous la monarchie royale, même
sous le grand règne de Louis XIV, les paysans n'étaient
que *le menu peuple* de la misère, la gent taillable à sa-
tiété, si misérable, disait un maréchal de France, Vauban, qu'elle n'avait pas de quoi acheter du sel pour
saler son pot. Aussi l'agriculture nourrissait-elle à peine

quinze millions d'habitants, sur lesquels la France ne comptait que cent mille familles riches. Il y avait dans toutes les chaumières de fréquentes morts de faim. Les laboureurs, ces pauvres créanciers éternels de la patrie, étaient souvent réduits à mendier le pain qu'ils avaient fait, et ils succombaient, selon le dire du même maréchal, sous les charges et les impôts, qui ne pesaient que sur eux.

Aujourd'hui que les temps sont admirablement changés, les paysans sont les égaux des anciennes races seigneuriales. Ils ont, non pas seulement la chemise, qu'ils n'avaient pas sous les rois, c'est Vauban qui le dit encore, mais ils sont devenus possesseurs de la terre. A force de constance, de travail, d'esprit d'économie, de privations calculées, d'épargnes persistantes, ils payent bien leur part d'impositions, ils élèvent bien leurs familles, ils fournissent nos braves régiments de héros pleins d'intelligence, ils deviennent les fondements de l'ordre, dont ils ont besoin plus que personne; ils acquièrent par parcelles les propriétés que les oisifs des grandes villes sont dans la nécessité d'aliéner, et il arrive ceci, à la honte des paresseux du monde, à la gloire des travailleurs agricoles, oui, il arrive ceci, que dans toute cette France, où ils n'étaient jadis que des parias, les paysans, petit à petit, par une transformation inévitable, deviennent les acquéreurs des deux tiers de la terre nationale; et même il est possible qu'un jour ils la possèdent entièrement, car ils ont deux principes d'une fécondité à perte de vue : le travail et l'économie, deux mines de diamant.

Notre honorable néophyte de l'honneur, M. Avy, est un exemple frappant de la puissance de cette volonté de réussir par le travail. Il est devenu une des notabilités agricoles de notre département. Il a trouvé dans les sillons arrosés de ses sueurs le génie des innovations et du progrès. Il a conquis sa fortune par son infatigable intelligence; sur son mâle front respire l'histoire de ses vaillances de quarante ans et de ses loyautés d'action. Il est entouré de l'estime publique, et la croix de l'Empereur vient, sur sa veste d'honneur, dire à tous les regards : « Sous les Napoléons, l'agriculture a ses che- « valiers de la charrue, le travail a ses nobles. »

Oui, Messieurs, l'agriculture a ses illustrations comme les sciences et les arts. Elle fut l'âme et le génie de l'ancienne Rome, elle est une des gloires de l'Angleterre. C'est dans l'agriculture qu'est le secret des forces nationales. L'Empereur l'avait bien compris. Il voulait tout faire pour elle, si la guerre continentale le lui eût permis : aussi les campagnes lui sont-elles restées éternellement fidèles. Elles ont reporté leur culte sur leur nouveau Napoléon, qui, lui aussi, n'a qu'une idée, c'est celle de contribuer le plus qu'il lui sera possible au développement et à la prospérité de notre industrie agricole, au bien-être et à l'honorabilité de la vie des champs, de cette vie que Cicéron nommait à juste titre : *la sœur consanguine de la sagesse, l'école des forces morales de la société.* Oui, l'Empereur en grandissant l'agriculture y ramènera le trop plein de nos villes. Il la porte dans son cœur, comme son oncle, parce que la reconnaissance est la vertu napoléonienne par excellence.

L'Empereur a gardé les souvenirs de l'exil. A cette époque, il s'exprimait avec une tendre affection sur les classes laborieuses. Voici ce qu'il écrivait en 1844 :

« Un témoignage de sympathie de la part d'hommes
« du peuple me semble cent fois plus précieux que ces
« flatteries officielles que prodiguent aux puissants les
« soutiens de tous les régimes. Aussi m'efforcerai-je tou-
« jours de mériter les éloges et de travailler dans l'in-
« térêt de cette immense majorité du peuple français,
« qui n'a aujourd'hui ni droits politiques, ni bien-être
« assuré, quoiqu'elle soit la source reconnue de tous les
« droits et de toutes les richesses. »

Son règne a déjà réalisé une partie de ses nobles vœux. Vous venez d'entendre ce qu'il écrivait en 1844. Voici ce qu'il fait en 1854 : il crée chevalier de la Légion d'honneur une des notabilités modestes de ce même peuple qu'il aime; il décore Adrien Avy.

AU PROTECTEUR DES CLASSES AGRICOLES, À L'EMPEREUR !

Octobre 1854, à Montauban.

BANQUET DU 20 MARS 1856,

PRÉSIDÉ PAR M. BELMONTET.

Vieux de la vieille,

Jamais je ne fus plus heureux de présider à vos fêtes commémoratives du 20 mars, de ce mois cher à la patrie.

Au souvenir du fils du Grand Homme, de ce pauvre roi de Rome, qui n'eut pas le bonheur de mourir en France, près du cœur des vieux soldats de l'Empire;

Au souvenir du fabuleux retour de l'île d'Elbe, pour lequel fleurit tous les ans le marronnier des Tuileries, l'arbre de vos amours,

Nous allons mêler aujourd'hui les joies si vives d'une autre naissance, celle d'un autre enfant de l'Empire, d'un autre fils de Mars.

Ce n'est plus un apostolat que vous venez continuer dans vos réunions; grâce à Dieu, votre culte a atteint son noble but, il a triomphé par votre incessant travail de propagande. Vous avez relevé l'Empire, et l'Empire a relevé la France. — Que vous devez en être fiers! — Oui, ayez l'orgueil de vos œuvres d'âme, apôtres du grand règne, vous l'avez ressuscité.

Aujourd'hui c'est la Pâque de l'Empire avec celle du monde chrétien.

Après le martyre achevé sur un calvaire, après quarante ans d'exil, la dynastie du peuple, mûrie par le malheur, enrichie par la providence d'un héritier aussi bienvenu que l'autre, resplendit, plus forte et plus radieuse, sur le trône de la démocratie française, en sortant du tombeau de la gloire.

C'est cette résurrection que nous célébrons du fond de nos âmes, comme une fête de patriotisme, disons mieux, une fête de famille, car Napoléon III a dit ces paroles mémorables :

« Je considère les vieux militaires de l'Empire comme « membres de ma famille. » Et ce que dit l'Empereur est pour vous un article de foi. Aussi, mes amis, croyez bien que sa reconnaissance, toujours en action, vous retrouvera tôt ou tard, tous, tant que vous êtes.

La reconnaissance est la vertu des grandes âmes, et le génie des Napoléons.

La fête du 20 mars n'est jamais, dans notre calendrier Napoléonien, une fête mobile. — Non, elle est immobile dans l'immobilité de votre dévouement. Il n'y a rien de changé pour vous, soldats de l'honneur, prêtres éternels des grands souvenirs, c'est toujours votre Empire, qui, de caché qu'il était dans vos cœurs, est remonté comme le soleil au firmament de la patrie ; mais il y est remonté aussi grand, aussi éclatant qu'il l'était dans le ciel secret de vos amours de quarante ans.

Voilà ce qui est beau à penser. Il n'y a de changé pour vous que l'apparence extérieure, les rayonnements du triomphe. Vous aviez deviné les grandeurs que Napoléon III nous a rendues. Il fait ce que vous exprimez si bien par un mot énergique, il vous grise de gloire.

Le mois de mars est le mois des fidèles : il est fidèle lui-même à nos joies napoléoniennes.

C'est en mars que fut signé le traité de paix d'Amiens;

Que l'armée d'Égypte s'empara de Jaffa;

Qu'elle gagna la bataille d'Héliopolis;

Que Bonaparte traversa les Alpes pour aller à Marengo;

Que le roi Joseph, d'honorable mémoire, monta sur le trône de Naples;

Que l'Empereur éprouva, comme il l'a dit à Sainte-Hélène, le plus grand bonheur de sa vie, en voyant l'enthousiasme du peuple, furieux d'amour, à son retour de l'île d'Elbe;

Enfin, c'est en mars que notre Impératrice, l'épouse selon le cœur, la souveraine selon la Providence, nous a donné, en retour de la couronne, un Empereur que nous nommons le Fils de l'Empire, et que le peuple, si logique dans ses impressions, a déjà surnommé le jeune Prince de la paix.

La paix sera française et napoléonienne, c'est-à-dire grande et honorable.

L'enfant Impérial en est devenu le symbole et le gage. Son berceau est un vaisseau qui vogue vers l'avenir.

C'est le jour des Rameaux, sous les rameaux de notre sainte Église, sous les palmes du triomphe qu'il est entré dans la vie, ce fils de nos destinées.

Il est lui-même le rameau de l'espérance dans l'arche des Tuileries.

Le Saint Père l'a béni, comme nous nous ne cessons de bénir tous les ans la mémoire du Grand Homme. Le Pape a ouvert l'avenir à notre enfant avec les clefs de saint Pierre. — Allons, un toast d'amour en l'honneur de mars!

Du moment que le Prince Impérial naquit,
Ce fut un beau destin que le pays conquit.
La France a dans son cœur placé cette naissance;
L'amour du peuple naît de la reconnaissance.
Et l'enfant de l'Empire, ainsi qu'au temps ancien,
A force de lui plaire est devenu le sien.
Oui, le peuple Français, qui de l'honneur s'inspire,
Avec ceux qu'il choisit vit, s'avance et respire.
Il aima l'Empereur, qu'il n'oublia jamais,
Il a mis son neveu sur les mêmes sommets,
Et leur jeune héritier, pour la France nouvelle,
Est encor cet Empire, en qui Dieu se révèle.

AU MOIS DE MARS!

AUX DEUX FILS DE MARS!

TABLE DES MATIÈRES.

—◦—

www.ingramcontent.com/pod-product-compliance
Lightning Source LLC
Chambersburg PA
CBHW070905030726
47504CB00005B/1467